Curva peligrosa

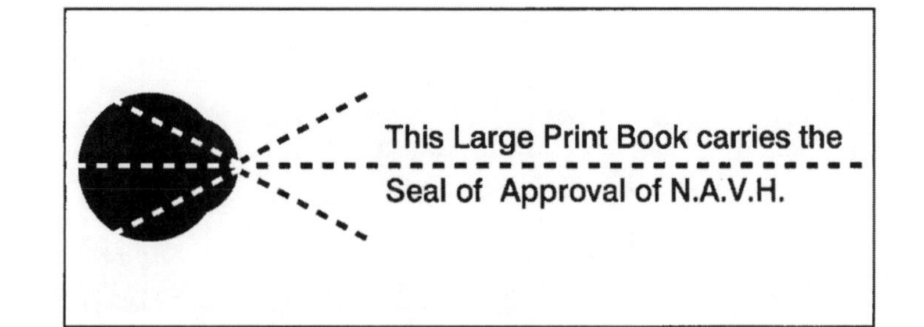
This Large Print Book carries the
Seal of Approval of N.A.V.H.

Curva peligrosa

Leigh Riker

Thorndike Press • Waterville, Maine

Título original: Strapless

Published in 2005 by arrangement with Harlequin Books S.A.
Publicado en 2005 en cooperación con Harlequin Books S.A.

Thorndike Press® Large Print Spanish.
Thorndike Press® La Impresión grande española.

The tree indicium is a trademark of Thorndike Press.
El símbolo del árbol es una marca registrada de Thorndike Press.

The text of this Large Print edition is unabridged.
El texto de ésta edición de La Impresión Grande está inabreviado.

Other aspects of the book may vary from the original edition.
Otros aspectros de éste libro podrían variar de la edición original.

Set in 16 pt. Plantin.
Impreso en 16 pt. Plantin.

Printed in the United States on permanent paper.
Impreso en los Estados Unidos en papel permanente.

Library of Congress Cataloging-in-Publication Data

Riker, Leigh.
[Strapless. Spanish]
Curva peligrosa / by Leigh Riker.
p. cm. — (Thorndike Press large print Spanish)
"Titulo original: Strapless" — T.p. verso.
ISBN 0-7862-7997-4 (lg. print : hc : alk. paper)
1. Businesswomen — Fiction. 2. Americans — New South Wales — Sydney — Fiction. 3. Sheep ranchers — Fiction. 4. Sydney (N.S.W.) — Fiction. 5. Large type books. I. Title. II. Thorndike Press large print Spanish series.
PS3618.I53S8718 2005
813′.6—dc22 2005016205

Curva peligrosa

Para Kristi Goldberg, que me animó a escribir esta historia y a tomar una nueva dirección. Tu ayuda y tus ánimos significan mucho para mí.

Gracias, querida amiga y colega.

Capítulo uno

—ES lógico... esas cosas pasan, ¿no?

Como hablar sola, pensó Darcie Elizabeth Baxter; aquello no era nada nuevo. Las cosas pasaban, especialmente a una mujer de veintinueve años que intenta vivir su vida. Que busca la felicidad, que busca pareja, que quiere disfrutar de su trabajo...

De modo que, una mañana lluviosa de enero, a Darcie no le sorprendió entrar en Wunderthings Lencería Internacional y encontrar a Greta Hinckley espiando en su escritorio. Otra vez. Aun así, su corazón dio un vuelco. Incluso su abuela solía decirle que no podía seguir siendo tan ingenua.

Aunque Wunderthings no era una multinacional como Victoria's Secret o Warner, superestrellas de la lencería, la empresa tenía potencial. Y Darcie quería ser parte de ese potencial, pero se le hizo un nudo en el estómago al ver a Greta en su escritorio. ¿Se habría dejado el borrador de la propuesta para la reunión semanal?

—Buenos días, Greta.

Sobresaltada, la otra mujer se volvió, haciendo una mueca con sus delgados labios. Eran tan delgados que, por comparación, los de Darcie parecían inflados con silicona, como los de las presentadoras de televisión.

Todo en Greta Hinckley era delgado. Su cara de caballo, sus hombros, su cuerpo... su mente.

—Llévate lo que quieras —dijo Darcie entonces, intentando que su síndrome premenstrual no la hiciera perder los nervios—. Mi casa es tu casa.

Por las arruguitas alrededor de los ojos y las incipientes canas, Greta Hinckley debía haber pasado de la treintena años atrás. Soltera, sin un hombre en su vida según los rumores, Greta vivía sola en Riverdale y dedicaba todo su tiempo a Wunderthings. Y, cuando podía, a robar las ideas de Darcie.

Una pena que ella fuera la única que lo sabía.

No le gustaban las broncas, especialmente con Greta, y normalmente los «préstamos» eran sobre temas menores. Un plan para anunciar los sujetadores de la siguiente temporada, alguna idea para incrementar las ventas en una franquicia que no funcionaba bien... pero aquella vez no, aquella vez era algo importante.

Una mirada al escritorio le confirmó que

su propuesta para la reunión del miércoles había desaparecido.

Darcie levantó la taza de café que llevaba en la mano, tomó un sorbo y se quemó la lengua. «Maldita sea». Le gustaba creer que era una persona tranquila, que controlaba su vida, aunque aquel no era su mejor día.

—Si necesitas algo más, sólo tienes que pedirlo.

—¿Cómo?

Darcie se sentó sobre el escritorio. No podía soportar que Greta se hiciera la tonta. Y, para remate, su madre estaba en Nueva York... la peor semana que podría haber elegido para hacer una visita sorpresa con objeto de comprobar su «decadente» estilo de vida. Si eso fuera verdad...

—Estamos vendiendo muy bien en Estados Unidos y en Europa... bla, bla, bla, como dijo Walt Corwin en la reunión de la semana pasada. Y tenemos que abrir mercado en el Pacífico. Con la recuperación de la economía japonesa y el declive del dólar australiano tenemos una oportunidad, así que sugiero que...

—No sé de qué estás hablando —la interrumpió Greta.

Darcie arqueó una ceja.

—Entonces, que gane la mejor.

—Walter decidirá... —al mencionar el

nombre del jefe, la expresión de Greta se suavizó—. Entonces sabremos quién será la nueva ayudante del Director de Expansión. Con mi experiencia…

—Y tu brillantez —la interrumpió Darcie, irónica.

—Buenos días, señoritas.

La secretaria ejecutiva de Walt Corwin pasaba entre las mesas repartiendo, como era habitual, sonrisas e informes económicos.

Greta cambió por completo de expresión. Greta Hinckley era una barracuda, pero Darcie, irritada por la última invasión en su escritorio, sólo pudo esbozar una mueca.

Que aquella espía estuviera enamorada del jefe le recordó su precario estado hormonal. Aquella noche vería al «hombre de su vida», un término usado muy frívolamente, desde luego, durante su encuentro semanal. Con un poco de suerte, un buen revolcón bajo las sábanas la haría olvidar a Greta y a su madre.

En ese momento, Nancy Braddock rozó con la falda el escritorio de Greta y, sin querer, tiró unos papeles al suelo.

—Perdona —murmuró, agachándose.

Pero antes de volver a colocar los papeles sobre la mesa echó un vistazo a uno de ellos y se volvió, mirando a Greta con el ceño arrugado.

Y después se los entregó a Darcie sin decir nada.

«Mi propuesta para la reunión».

¿Cuánto habría tardado Greta en copiar el documento, cambiar el nombre del autor y enviárselo a Walter Corwin... y al Consejo de administración?

—Walter está esperando este documento y tengo que hacer algunos cambios... No sé cómo puede haber llegado hasta tu mesa, Hinckley —dijo, irónica.

Greta no pareció darse por aludida. Muy bien, pensó Darcie, dejaría que el informe hablase por sí mismo. No pensaba morir sin pelear.

—Si no tuviera las hormonas enloquecidas me marcharía.

Desde el episodio con Greta aquella mañana, el día había ido cuesta abajo. Murmurando para sí misma, Darcie se miró al espejo de la habitación en el hotel Grand Hyatt y sintió un escalofrío. «Soy una gorda asquerosa a quien nadie puede amar», pensó. Lo pensaba doce veces al año.

El asqueroso síndrome premenstrual.

Desgraciadamente, también estaba cachonda.

Darcie vio a Merrick Lowell en el espejo

e hizo una mueca. Unos minutos antes la había llenado de besos... antes de abandonarla para hablar por teléfono.

—O sea, marcharme, y que se haga una paja.

El pensamiento egoísta era inevitable. ¿Y sus problemas qué? ¿Por qué estaba allí, con un hombre que sólo la quería una vez a la semana? Darcie se imaginó saliendo de la habitación y entrando en el ascensor... Total, como había empezado a pensar en asesinarlo con una sierra eléctrica, la noche prometía más bien poco. Tomaría el ferry, cruzaría el Hudson para llegar a su casa y lo dejaría con un palmo de narices.

Como siempre, Merrick parecía más interesado en comprobar sus mensajes que en hacer el amor con ella. Y empezaba a resultar insoportable.

Cuando Darcie se volvió, él levantó una mano como diciendo: «espera un momento, ahora follamos».

Genial. Debería marcharse inmediatamente.

Su amiga Claire se lo decía todos los días.

«Deja a Merrick», decía Claire. «Tu relación con él, aunque no puede llamarse relación, no va a ninguna parte». Y Darcie empezaba a estar de acuerdo con ella.

Como si hubiera leído sus pensamientos, Merrick colgó, con una sonrisa que hubiera podido derretir granito.

—Perdona.

Y sólo con eso, Darcie cambió de humor. Se olvidó de Greta, se olvidó de la sierra eléctrica, se olvidó del síndrome premenstrual y se olvidó de los consejos de Claire. De nuevo era una persona normal, más o menos, un ser humano con un puesto de trabajo en peligro, una mujer que necesitaba un hombre. Ya.

—No pasa nada.

Se recordó a sí misma que a Merrick le gustaba tenerlo todo controlado, aunque para ella era una contrariedad. Y, al fin y al cabo, ¿qué más daba?; sólo era un ligue. Aunque podría ser un marido ideal para sus padres, Darcie no quería una casa en las afueras, no quería tener un perro, ni estaba preparada para tener 1,3 hijos.

Ella no quería un marido. Punto. Algún día quizá, pero por el momento Merrick Lowell la ponía… los lunes por la noche. El sexo tampoco lo era todo, desde luego, pero el suyo era un acuerdo pragmático. Por el momento, igual que buscar una oportunidad para medrar en la empresa, a Darcie le iba bien.

Merrick estaba desabrochándose la camisa, sin mirarla. Botón por botón, desnudando su torso masculino…

«Date prisa».

—¿Qué? —sonrió él.

—Nada, estoy admirando el paisaje.

—Ven aquí. Me gusta que me admires de cerca.

También podía ser un poquito egocéntrico, entre otras cosas. Merrick tenía sus defectos, pero era muy guapo. Aunque no era su tipo.

El pelo rubio, en contraste con su liso cabello oscuro, le parecía atractivo. Y le gustaban sus manos, grandes y fuertes. Eran un punto a su favor. Tenía los ojos de color azul oscuro, en contraste con los suyos, castaños, y una boca muy sexy. Pero, por supuesto, vestía como un modelo de *GQ* y tenía un nombre muy aristocrático, mientras el suyo era sólo un nombre normal y corriente. Además, Merrick pertenecía a una familia prominente de Connecticut mientras la suya era una familia de clase media de Ohio.

Merrick Lowell la hacía sentir como una pueblerina. Su educación en la exclusiva universidad de Yale lo había llevado directamente a un puesto en Wall Street donde, sin una Greta Hinckley en su camino, ganaba muchísimo dinero.

Así que era un gilipollas.

Sin dejar de sonreír, Darcie se acercó. Merrick ya no parecía distraído, todo lo contrario. Sus ojos se habían oscurecido de deseo.

—¿Qué haces?

—Meditando sobre... tu perfección física.

—Por favor, cariño, ¿quieres venir aquí antes de que se me ponga blanda?

A pesar de su práctico acercamiento al tema del sexo, Darcie se sintió decepcionada.

—Qué romántico.

—No hay tiempo para romanticismos. No acabamos de conocernos y tengo que levantarme a las cinco de la mañana.

Darcie alargó la mano para quitarle los gemelos. Eran de oro y ónice y debían costar una fortuna... otra cosa que no tenían en común. De modo que debían conformarse con el sexo, pensó, mientras le quitaba la camisa.

—Creí que ya se te había levantado.

«Grandullón».

—Qué graciosa. La comedia en el dormitorio no es muy excitante.

Darcie hizo una mueca.

—Jo, ahora no se me levanta a mí.

Merrick no respondió. Cansado de hablar, la tomó por la cintura y buscó su boca. Darcie sintió los dientes del hombre clavandose en sus labios y se dejó hacer. Era tan fácil aquella noche que se sentía patética.

Pero el beso consiguió que se desatara un incendio entre sus piernas. Eso sí, Merrick Lowell respiraba deseo por todos los poros de su piel.

Él le quitó el jersey y después, con un movimiento diestro, el sujetador. Los pechos de Darcie se derramaron sobre sus manos. O eso le gustaría pensar… aunque no eran lo suficientemente grandes como para «derramarse».

Con una especie de gruñido, Merrick los acarició, haciéndola sentir tanto calor que creyó haber comido demasiado wasabi, el rábano picante japonés que su amante siempre le instaba a probar.

—Muévete un poco. No puedo desabrocharte los pantalones.

—Hazlo rápido.

La cremallera se atascó entonces.

—Merrick…

—Más rápido.

Darcie se quitó la falda y después las braguitas, que tiró con un gesto artístico sobre el sillón. Poco después, los dos completamente desnudos, caían sobre la cama con las piernas enredadas. Merrick la tomó entre sus fuertes brazos (trabajados en el gimnasio) y la besó metiendo un poquito la lengua.

No estaba mal. Quizá eso la haría olvidar su rechazo anterior.

—¿Estás caliente, cielo?

—Yo diría que sí.

—Entonces, vamos a hacerlo. Para eso hemos venido aquí.

En sus palabras faltaba algo, la materia con la que se tejían los sueños... de su madre. Janet Baxter se mostraría de acuerdo si Darcie le hablase alguna vez de su vida amorosa, pero estaban en el siglo XXI y ya no había caballeros de brillante armadura. Los hombres eran... hombres. Después de la revolución sexual, en una sociedad llena de mujeres como Greta Hinckley, Darcie buscaba placer donde podía encontrarlo.

—¿Preparada?

—Lista.

Merrick se colocó encima y, sin decir una palabra, se hundió en ella. Cuando empezó a moverse, Darcie dejó de pensar en los sueños de su madre, en su propio futuro en Wunderthings o en una felicidad que no había encontrado todavía. Siguió su ritmo y cuando llegó el orgasmo fue rápido y fuerte. Primero Merrick, luego ella. Nada nuevo.

Merrick Lowell no era el hombre de sus sueños y nunca habían tenido un orgasmo a la vez. Pero, por el momento, se conformaba con él.

Hasta que conociera al hombre de su vida.

Sí, seguro, como que eso iba a ocurrir.

—Está mintiendo, Darcie. No creas una sola palabra.

En opinión de Claire Spencer, Merrick era un problema mayor que Greta Hinckley.

Preocupada, observó a Darcie pasear por el salón del apartamento de su abuela. ¿Compañeras de piso? La extraña pareja, pensó. Desde el dúplex, situado sobre el piso donde Claire vivía con su marido, se veía el río Hudson, pero estaba demasiado cansada como para disfrutar del paisaje. Incluso desde allí creía oír a su hija Samantha llorando.

—¿Por qué iba a mentir? —preguntó Darcie.

—No puedes ser tan ingenua.

—Claro que puedo. Soy de Ohio.

—No digas bobadas.

Claire tomó una galleta de chocolate. Quizá Darcie debería comer más galletas de chocolate, engordar diez kilos y olvidarse de hombres como Merrick Lowell. ¿Cómo podía soportar a un tipo tan egoísta?

—En Cincinnati no somos muy sofisticados —siguió Darcie—. La gente confía en los demás. Dejamos los coches abiertos, nos saludamos por la calle...

—No lo dirás en serio —sonrió Claire, neoyorquina, para quien levantar el dedo corazón era el gesto universal de saludo.

Darcie se acercó a la ventana para observar el majestuoso puente George Washington, mientras Claire, más acostumbrada a la panorámica, estudiaba su pelo oscuro, que brillaba bajo la luz de la lámpara.

Lo que daría por tener la figura de Darcie o sus ojos de color avellana... lo que daría por no tener ojeras. Se preguntó entonces si su amiga sabría lo guapa que era.

—Después de lo de ayer con Greta y con Merrick, quizá debería volver a casa —murmuró Darcie—. Así mis padres serían felices. Si pierdo la oportunidad de un ascenso en Wunderthings y Merrick me está mintiendo...

—¿Estás enamorada de ese gilipollas?

—No, no. Pero es muy bueno en la cama.

Claire no pensaba preguntar. No envidiaba su relación con Merrick, pero sí su figura, su estilo de vida, sus oportunidades...

—¿Por qué no buscas alguien que te haga feliz? Alguien que te haga ver fuegos artificiales. Los treinta, esa edad tan mala, están a la vuelta de la esquina. Tú antes que yo —sonrió Claire—. Seis meses, cariño. A partir de los treinta sería una vergüenza quedarse con un hombre de segunda.

—Ya, claro. Tú tienes suerte —suspiró Darcie—. Peter es estupendo y está loco por ti.

¿Lo estaba? Claire no se sentía muy segura después de dar a luz. Tenía que recordar que seguía siendo una mujer, una mujer más gordita en aquel momento, pero...

—Desde que nació la niña soy una diosa para él. Al menos, después de haber dormido ocho horas, cosa que no suele ocurrir. ¿Te he contado que a Peter le encantan mis pechos?

Darcie levantó los ojos al cielo.

—Siempre le habían gustado.

—Sí, le van las tetas, es verdad.

—Está completamente obsesionado.

—Me adora —murmuró Claire, como para convencerse a sí misma.

Solía preocuparse por la vuelta al trabajo, por su matrimonio, por ser una buena madre y... por no parecerle sexy a su marido. Una bobada, seguramente. Cuando volviesen a hacer el amor, cuando ella estuviera preparada...

—Tu matrimonio es de anuncio —insistió Darcie—. Un marido estupendo, una niña preciosa, un puestazo como vicepresidenta de Seguros Heritage, una nueva figura que para el tráfico...

—Sí, claro, y una tripa que me cuelga hasta las rodillas.

—Para mi madre, tienes el perfil perfecto de una mujer.

—Sí, seguro —sonrió Claire—. Ya te llegará tu turno.

—¿De estar embarazada, de tener náuseas por las mañanas, de no poder dormir? Necesito eso como que me echen de Wunderthings.

La pequeña empresa de lencería había sido una gran oportunidad profesional para Darcie cuatro años antes, pero Greta Hinckley se cruzó en su camino. Y temía perder su creatividad ante los sabotajes de la víbora.

—¿De verdad estás preocupada por tu trabajo?

—Claro —suspiró Darcie.

—Greta Hinckley está tan preocupada por colocarse el sujetador con relleno que no se entera de lo que dicen a su espalda.

—¿Qué dicen? ¿Que roba ropa interior de las tiendas o que va a conseguir el puesto por el que estamos compitiendo?

—No se lo van a dar, cariño —sonrió Claire.

—Es un bicho —suspiró Darcie. Luego le contó el robo de su proyecto, evitado hábilmente por Nancy Braddock—. Mañana por la tarde sabré si se lo ha contado a alguien. En cualquier caso, voy a comer con Walt y, si me elige a mí, no tendré tiempo para hombres. Puede que necesite sexo, pero nada más.

Hasta que ponga mi vida en orden…

Claire hizo una mueca.

—Ah, ya. Entonces estás con Merrick sólo por el sexo. Qué buen trato. Él consigue un polvo sin compromiso alguno y a ti te dan por saco sin ninguna consideración…

—Si es así, es decisión mía. Temporalmente —sonrió Darcie, tirándole un cojín—. Final de la discusión.

—Un ascenso es lo mínimo que te mereces. Te pasas la vida mejorando los informes de Corwin para que parezcan escritos por una forma de vida inteligente. Trabajas hasta las tantas en sus proyectos y, además, vas a la oficina los fines de semana. Si la cerda de Hinckley consigue el puesto, te juro que…

—La mataré con mis propias manos. Y a Walt también —dijo Darcie.

—Llámame. En ese caso, no me importaría ser cómplice de asesinato.

—Nos llevamos tan bien que podríamos estar en la misma celda —rió Darcie.

—Claro. Pondríamos unas cortinas, una alfombra, un estilismo…

—Sí, y nos encerrarían en el psiquiátrico.

—No, en serio, ese Merrick…

—No está mal. Me lleva a cenar, abre las puertas como un caballero…

—Una vez al mes. El resto del tiempo se dedica a meterte mano.

Darcie no podía discutir eso.

—Es inteligente, me gusta hablar con él…

—Cuando no está encima de ti.

—Y adora a su sobrino —terminó Darcie.

Claire se quedó mirándola, perpleja.

—¿Lo ves?

—¿Qué? Tiene un sobrino. Incluso lleva una fotografía suya en la cartera. Es rubio, con la típica sonrisa de los Lowell…

—Por favor, Darcie, despierta. Ese tipo está casado.

Al día siguiente, en la esquina de la calle Cincuenta y Cuatro y la Quinta Avenida, Merrick Lowell era lo último que Darcie tenía en mente. Caminaba por la acera recitando su currículum…

—Darcie Baxter. Veintinueve años y, posiblemente, a punto de convertirme en una solterona. Metro sesenta… y posiblemente encogiendo bajo esta lluvia. Vivo con mi abuela, cuyo gata me odia. Me acuesto con un hombre que quiere más a su móvil que a mí y está claro que... —Darcie respiró profundamente— tengo la costumbre de hablar sola. Pero tengo un título universitario, ergo no soy idiota. Me ducho todos los días, uso desodorante, me depilo las piernas, no miento... excepto alguna mentirijilla piadosa de vez en cuando para no herir los sentimientos de alguien. Y esta misma mañana he ayudado a una anciana a cruzar la calle. (¿Contarían también los viajecitos al supermercado con su abuela?).

No podía ser tan mala. Ah, y hacía bien su trabajo; de hecho, la presentación al Consejo de administración aquella mañana había ido bastante bien.

—Entonces, ¿por qué van a darle el premio a otra?

Nadie se dio cuenta de que iba hablando sola. Un día gris en Manhattan, con el viento colándose por entre los rascacielos y empujando a la gente, nadie se daría cuenta. En Nueva York, al contrario que en Cincinnati, la gente iba corriendo de un despacho a otro, de un restaurante moderno a un bar elegante. Se pegaban por tomar un taxi. Excepto en momentos de crisis, cada uno iba a lo suyo.

Por eso Darcie tenía problemas.

Quizá debería haberse quedado en Ohio, pensó, mientras entraba en el restaurante donde había quedado con Walt.

Allí estaba su jefe, Walter Corwin, con el pelo aplastado sobre el cráneo, como siempre, y leyendo, también como siempre, el *Wall Street Journal*.

Darcie se sentó muy sonriente, con actitud positiva.

—¿Y bien?

—¿Y bien qué? —murmuró él, sin levantar la vista del periódico.

—¿Te importaría dejar de leer? —preguntó Darcie, respirando profundamente. Tenía que terminar con el asunto lo antes posible. Entonces volvería a casa, se quitaría los zapatos empapados y se pondría a llorar—. ¿He perdido?

Los ojos miopes de Walt parpadearon un par de veces.

—¿Por qué dices eso?

—¿No he perdido?

—Darcie, tienes que tener más confianza en ti misma. ¿Por qué crees que…?

—Por desesperación.

—Mira, voy a darte un consejo. En la jungla de los ejecutivos no puedes dejar que te vean sudar.

—Walt, necesito un aumento de sueldo, necesito un ascenso para que no se me haga papilla el cerebro. Tú eres mi jefe, dímelo. En la reunión del Consejo…

—Se fue todo a la porra cuatro minutos después de mostrar tu proyecto —la interrumpió Walt, dejando a un lado el periódico—. Pide lo que quieras. Me han dicho que el *coq au vin* es el plato especial de la casa. Es pollo —aclaró luego innecesariamente.

Darcie tomó la carta. No entendía nada. Walt le había advertido el día anterior que, siendo una empleada tan joven, era casi imposible que aceptaran su candidatura. Y con Greta Hinckley luchando por el mismo puesto...

Enfadada, buscó lo más caro de la carta.

—¿Qué tal langosta?

—Lo que te apetezca —dijo Walt.

—¿Quieres decir...?

—Vamos a pedir vino. ¿O prefieres champán?

—Yo... es que no me gusta el champán —murmuró Darcie, atónita.

¿Sería posible? ¿Iban a darle el puesto? Walt chascó los dedos y un camarero apareció con una botella de Chardonnay. El corazón de Darcie latía más fuerte que cuando la gata de su abuela la acorralaba en una esquina.

—Por mi nueva ayudante en el departamento de expansión de...

—¡Walt! ¡Te quiero! —gritó Darcie.

—Wunderthings Lencería Internacional.

—Ay, Dios mío, ay Dios mío... —con los nervios, Darcie tiró su copa de vino sobre el mantel—, no me lo puedo creer.

Tenía talento, ideas, era trabajadora. ¿Pero afortunada? «Nunca volveré a pasar hambre», pensó, como Escarlata O'Hara.

Walt estaba secando el vino con su servilleta. Darcie sabía que odiaba las salidas de tono, que odiaba las demostraciones de emoción por las que Darcie Baxter era famosa en Wunderthings.

—No te pongas nerviosa. No ganarás mucho más dinero.

Eso le daba igual. La oportunidad, el ascenso...

—¿Podré poner un letrerito en la puerta de mi despacho?

—¿Qué despacho?

—¿No voy a tener un despacho propio?

—Cariño, yo tengo un despacho. Tú seguirás en tu sitio hasta el año que viene, hasta que el Consejo decida qué tal lo has hecho.

—Les probaré... lo que tenga que probarles. Trabajaré veinticuatro horas al día.

—Tendrás que hacerlo —dijo Walt.

—¡Puedo hacer cualquier cosa, de verdad!

Algunos comensales se volvieron para mirarlos.

—Darcie, por favor, habla más bajo —la

regañó Walt, irritado—. Tuve que pelearme para que te dieran el puesto a ti en lugar de a Hinckley y espero no arrepentirme.

¿No arrepentirse? Darcie creyó haber encontrado el gusano en la manzana del paraíso. ¿Le estaba haciendo proposiciones? En su mente apareció una imagen de ella misma de rodillas bajo el escritorio de Walt Corwin... Horror. No, nunca. A pesar de las fantasías de Greta, Darcie dudaba que Walter, un hombre viudo, tuviera una vida sexual. Pero si la tenía, no quería ser parte de ella.

—Tus deseos son órdenes para mí.

—Qué mentirosa eres —sonrió Walt—. Pero en fin, felicidades. Otros pueden dudar, pero yo tengo toda mi confianza depositada en ti. Espero que me hagas sentir orgulloso —añadió, sonriendo—. Y espero que tengas el pasaporte en regla.

—¿El pasaporte?

—¿No era eso lo que querías? Un viaje al Pacífico. Una salida del infierno. Nancy me ha contado lo que pasó y... Hinckley se queda aquí. Pero tú consigues lo que deseabas: la apertura de una tienda Wunderthings en Sidney. Allí es verano.

Capítulo dos

—LA brisa del mar, el sol…

—Es una pena, no creo que tengas tiempo para tomar el sol —suspiró su abuela, colocando unos cojines sobre el sofá—. Corwin esperará que estés todo el día trabajando.

Cierto. Era su oportunidad para probar que podía hacer bien su trabajo y no pensaba estropearla, pero Darcie no podía controlar su emoción.

—Puedo trabajar de nueve a cinco y después tomar el ferry para ir a la playa.

Era su especialidad, además. Podía ser nueva en Sidney, pero era una experta en ferrys.

Cuando la enorme gata persa de su abuela entró en la habitación, Darcie levantó los pies del suelo. Nunca estaba tranquila hasta que localizaba a Baby Jane y se alejaba lo más posible de ella.

—Podría instalarme a las afueras de la ciudad. De ese modo podría ir a la playa por las mañanas.

—Ah, ser joven…

Eden pasó el plumero por una mesita de café. Otra ventaja de vivir con su abuela: no tenía que limpiar.

Su abuela tampoco lo hacía, pero eso daba igual. Como daba igual que, a la luz de la lamparita, el pelo de Eden fuera de color... albaricoque.

—Tú siempre serás joven, abuela.

—Mis hombres me mantienen joven —sonrió ella.

—Tienes más novios a los ochenta y dos años que un bloque entero de apartamentos lleno de chicas solteras.

—¿Y eso es malo? —sonrió su abuela, pasando el dedo por un marco dorado para comprobar si tenía polvo.

—Tú eres famosa por tus relaciones... en este edificio, por ejemplo.

—¿Ese conserje ha vuelto a sacar la lengua a paseo?

—¿Julio? A mí me parece el colmo de la discreción —sonrió Darcie.

Eden levantó los ojos al cielo.

—Mientras le dé una propina por subirme la compra y siga recibiendo un cheque en Navidad... Te lo digo en serio, la lista de gente que «merece» un gesto de agradecimiento en Navidades es lo más parecido a la extorsión que practica la mafia.

—No, qué va. Lo que pasa es que a Julio le gusta sentir tu suave y blanda mano dentro de su bolsillo.

—Julio no tiene nada suave y blando. Myra Goldstein dice que tiene el pito más grande que Long Island. Y lo sabe de primera mano.

—¿Celosa, abuela?

—¿Quién, yo? Si ese hombre me interesara, no podría andar durante un mes. O un año. Myra no puede compararse conmigo.

Darcie sonrió, observando a su abuela colocar un montón de periódicos. Era adicta al crucigrama del *New York Times* y recibía al menos veinte revistas económicas cada mes. Desde que se quedó viuda quince años antes, Eden se había convertido en un as de la bolsa. Y su vida amorosa era igualmente legendaria.

—Si no te comportas, tendré que decírselo a mi madre.

Su abuela hizo la señal de la cruz.

—Eres una desagradecida. Ese hijo mío podría haberse casado bien, pero míralo... se casa con una bruja que lleva abrigos de piel falsa... ¿Has visto el chaquetón que se ha comprado? Es abominable —dijo, suspirando—. Pero si no fuera por Janet Harrington Baxter, no te tendría a ti.

Eden decía esas cosas cien veces al día, pero a Darcie se le llenaron los ojos de lágrimas.

—Yo también te quiero, abuela.

—Tú y todos los hombres de este edificio.

—No es lo mismo.

—Claro que no, tonta —sonrió Eden—. Voy a echarte de menos, ¿sabes? Si te vas, no tendré a nadie que contenga a mis pretendientes.

—¿Contenerlos? ¿No has puesto un cartel que dice: «Deje los pantalones en la puerta»? —sonrió Darcie, observando los movimientos de Baby Jane por el rabillo del ojo. En cuanto se descuidaba, la gata le daba un arañazo. Nunca había conocido a un animal peor que aquel, pero sus heridas de guerra le valían el alquiler gratis en casa de su abuela.

—Darcie Elizabeth Baxter, en mi puerta no existe tal cartel.

—Pues debería haberlo…

De repente, Baby Jane le clavó los dientes en la pantorrilla. Darcie lanzó un grito, pero Eden no le hizo ni caso. Su adorada mascota no podía hacer nada mal.

—Yo no soy una mujer promiscua. ¿A mi edad? Por favor… —exclamó, llevándose la mano al pecho.

A pesar de un amago de infarto el año anterior, la salud de su abuela era excelente.

—Todo el mundo te conoce, abuela —murmuró Darcie, mientras intentaba quitarse a la gata de encima.

—Sí, bueno, el último hombre que durmió en mi cama se marchó con una sonrisa en los labios.

—¿Norman?

—No, Jerome Langley.

Darcie se pasó la mano por la pierna.

—¿El señor bajito que nunca le abre la puerta a nadie? Abuela, se mete el dedo en la nariz… Me decepcionas.

—El último hombre fue hace seis meses —insistió Eden, empujando a su nieta hacia la escalera—. ¿Eso es ser promiscua?

—No mucho. Pero estás mintiendo.

—Aunque voy a echarte de menos, será mejor que vayas a hacer el equipaje y dejes de meterte en mi vida privada.

—Tienes razón. ¿Te he dicho que en Australia las chicas toman el sol sin la parte de arriba del biquini?

Su abuela se detuvo en seco.

—El sol del hemisferio sur es muy fuerte. Ten cuidado… pero muestra tus valores, Darcie. Tienes unos pechos muy bonitos y espero que algún australiano sepa apreciarlos. Con un poquito de «exposición», podrías encontrar una joya de hombre.

—¿Quieres que busque un hombre?

—Ya no eres una niña, cielo. Es hora de fundar una familia, de tener hijos… no inmediatamente, claro, pero deberías buscar algo duro contra lo que frotarte cada noche.

Darcie levantó los ojos al cielo.

—He visto a Merrick dos veces esta semana.

El lunes, con la agenda en la mano, le había dicho: «El jueves por la noche lo tengo libre. A la misma hora, en el mismo sitio».

—Ah, qué bien, dos veces. Entonces abramos las ventanas y gritemos de emoción —replicó Eden—. ¡Ese hombre se digna a poner sus atributos sexuales en...!

—¡Abuela, por favor!

Baby Jane la miró con gesto de sorna y Darcie le dio una patadita en los cuartos traseros. Maullando, la gata subió la escalera a toda velocidad para esperarla agazapada.

—¿Qué ha pasado, bolita de pelo? —la llamó Eden.

—No es sólo culpa de Merrick que no nos veamos todos los días. Tengo que cruzar el río y...

—Tonterías. Sé que no te gusta que me meta en tus cosas, pero deberías darle una patada en el culo a ese tal Merrick. Tú puedes encontrar a alguien mejor. Recuerda el error que cometió tu padre.

Su abuela tenía razón.

—Sí, en realidad Merrick es un poco idiota.

Eden sonrió.

—Voy a echarte de menos. Siempre me haces reír.

Antes de que Darcie pudiera poner el pie en el primer peldaño de la escalera, su abuela la tomó del brazo.

—Otro consejo, y este es muy serio: nunca, jamás, te cases con un hombre que no te haga reír.

—¿Quieres que te traiga un hombre de Australia?

—Un par de ellos no estaría mal. Con esos sombreritos australianos tan ideales...

—Date la vuelta, cariño. Sé que te encanta por detrás.

Darcie no sabía qué había hecho para merecer tal comentario, como no podía entender la indiferencia de Merrick cuando le dijo que se iba a Australia. Apenas había dicho una palabra.

En la oscura habitación del hotel, Darcie se despertó el viernes con un brazo cubierto de vello rubio que la tomaba por la cintura para darle la vuelta. Un apéndice duro rozaba su espina dorsal, moviéndose insistentemente con un ritmo provocativo que ella conocía bien pero que, en aquel momento, no era bienvenido.

—¿Quieres parar un momento? Merrick,

espera —exclamó, apartándose el pelo de la cara—. Son casi las cinco de la mañana y tengo que irme. Ya sabes que mi abuela se preocupa si no vuelvo a casa.

—Eso te pasa por vivir con una mujer de ochenta años —Merrick rió. Pero la risa se convirtió en un gruñido cuando Darcie le dio un codazo—. ¡Ay! Seguro que no se ha acostado con un hombre en décadas.

—Pues te equivocas. Y, además, eres un grosero.

—Venga, mujer, estoy de broma. La noche que cenamos con ella no dejaba de mirarme —sonrió Merrick, acariciando su pecho—. No pensarás marcharte dejándome a medias, ¿verdad?

Darcie no lo planeó. Las palabras le salieron sin pensar.

—Claire piensa que estás casado.

Él se incorporó, incómodo.

—Claire debería meterse en sus asuntos.

—¿Estás casado?

—Si lo estuviera, no se lo diría a tu amiga.

—¿Y a mí? —preguntó Darcie.

—¿Qué pasa, cariño? Hemos ido a cenar, nos hemos acostado juntos, lo hemos pasado bien. Como siempre, ¿no?

—¿Tú crees?

—Por favor... Si empiezas a complicar las

cosas, me marcho.

—¿Complicar las cosas?

—Ya sabes, compromiso, alianzas, luna de miel en Maui... niños.

—¿Qué pasa con los niños? Siempre has dicho que te gustaban.

—Claro, me gustan los niños de los demás —sonrió Merrick, inclinándose para darle un beso en la boca—. ¿Por qué quieres ponerte gorda y torpe?

—No quiero. Aún. Pero algún día...

—¿Me imaginas cantándole nanas a un niño?

Darcie recordó algo: Merrick en un bar oscuro, el día que se conocieron. Merrick, con su pelo rubio, sus ojos azules, su sonrisa de clase alta, convenciéndola para que se acostaran esa misma noche. Entonces imaginó algo diferente: Merrick empujando un cochecito de niño; una imagen que, evidentemente, él no quería compartir.

—No, supongo que no. Supongo que el cumpleaños de tu sobrino es suficiente para un hombre de tu estatura...

—¿Estás siendo sarcástica?

Darcie saltó de la cama.

—¿Y tú?

—¿De qué sobrino hablas?

—¿No te acuerdas? El que aprendió a montar en el triciclo antes de cumplir los tres años. Tu sobrino favorito, el que aprendió a nadar a los cinco años, del que estás tan orgulloso.

—Ah, ese sobrino.

Darcie parpadeó.

—Merrick, ¿cómo puedes haberlo olvidado?

—No lo he olvidado... por favor, Darcie, estoy medio dormido —replicó él, levantándose—. Ya que estamos los dos despiertos y parece que no va a pasar nada, creo que lo mejor será que me marche. Cuanto antes vaya a la oficina, más dinero podré ganar... si el mercado me lo permite.

Darcie se quedó callada. Las palabras de Claire, las de su abuela, daban vueltas en su cabeza: «Puedes encontrar algo mejor». «No te cases (o te acuestes) con un hombre que no te haga reír».

Debería haberse quedado en Ohio, pensó.

No tenía suerte con los hombres, pero algún día encontraría el suyo. Mientras tanto, no tenía sentido dejar de acostarse con Merrick, aunque a veces fuera insoportable.

En aquel momento no le gustaba nada, ni en un bar, ni en la habitación de un hotel, ni en ninguna parte... y especialmente no le gustaba en el cumpleaños de un niño al que decía no recordar.

Al día siguiente, mientras tomaba café con su madre en la calle Broadway, Darcie sacó un analgésico para el dolor de la regla.

—He estado una hora en la cola para comprar entradas. No sabes cómo me duelen los pies —se quejó Janet Baxter, mirándose las bien cuidadas uñas—. Y este barrio es horrible. Espero que la obra esté bien. La mayoría no tiene sustancia.

—Ni el público tampoco. Eso es lo que hay en las matinés.

Sólo los turistas y la gente de Connecticut y Nueva Jersey iban al teatro por la mañana. Janet Baxter había llegado a Nueva York desde Cincinnati con unos amigos pero, además del teatro, tenía otro propósito. Su madre arrugó el ceño, olvidando por un segundo que eso formaba arrugas. A los cincuenta y cinco años, arrugas permanentes.

—Estoy muy preocupada por tu abuela —dijo entonces.

—¿Por qué?

Naturalmente, Darcie sabía la razón. Pero en su estado de ánimo (aún estaba enfadada por su conversación con Merrick) prefería que Janet tuviera que hablar sobre algo que le resultaba desagradable e incómodo.

—Tu padre y yo te enviamos a vivir con Eden por dos razones.

—Alquiler y teléfono gratis.

—Y...

Evidentemente, quería que recitase lo de «la tranquilidad, un lugar seguro para su hija...», aunque Darcie sabía cuidarse solita.

—¿Hay algo más? Dímelo tú, mamá.

Janet se movió, incómoda, en la silla.

—Queríamos que cuidases de ella.

—¿Se supone que debo vigilar a una mujer de más de ochenta años? Mamá, la abuela ha salido con más hombres en las últimas semanas que tú y yo en toda nuestra vida. Deberías ver a los tíos que se liga...

—Lo dirás de broma, ¿no? —exclamó su madre, pálida.

Por supuesto, pero no quería ponérselo tan fácil.

—Te digo que ya están dejando marcas en la alfombra que puso en diciembre... una marca desde la puerta hasta su dormitorio.

Janet quitó una pelusa invisible de su traje de chaqueta.

—Estás intentando enfadarme.

—Ve a comprobarlo tú misma.

—No me apetece cruzar el río. Además, no sería bienvenida. Eden me odia.

—Odiar es una palabra muy fuerte —sonrió Darcie.

—Siento haber sugerido que te fueras a vivir con ella.

Darcie se puso alerta. Ver cómo estaba o

comprobar cuál era la vida sexual de Eden no era la razón para aquel viaje a Nueva York. Ella se llevaba estupendamente con su abuela, a pesar de Baby Jane, y Eden era tan tolerante con su estilo de vida como lo era Darcie con ella. Quería pensar que la vida social de su abuela era un invento, aunque sabía que no era así. Pero, evidentemente, Janet tenía un plan.

—Quizá deberías buscar un apartamento. Como te han subido el sueldo…

—No mucho.

—Podrías vivir con una compañera.

—Ya, bueno…

Darcie recordaba sus años de universidad, durmiendo con la luz encendida porque su compañera tenía que estudiar, tropezándose con la ropa que había por el suelo, encontrando tampones usados en la papelera del baño y condones en la alfombra.

—No, paso. En casa de la abuela no me molesta nadie.

—Cuando vuelvas de Australia, ya veremos.

—¿Qué veremos, mamá? No necesito ayuda. ¿Por qué has venido a Nueva York?

—Por tu hermana —contestó Janet—. Terminó la carrera en junio. Hace siete meses.

—Ah, qué tragedia —dijo Darcie. Para

ella, la universidad local, para su hermana una de las más caras—. Estuve en su ceremonia de graduación, ¿recuerdas?

De modo que había ido a Nueva York por Annie. Annie, a quien le daba exactamente igual lo que pensaran los demás y que seguía siendo una niña mimada.

—¿Qué ha hecho ahora? ¿Le han puesto una multa por exceso de velocidad? ¿No ha votado a los republicanos?

—Es muy terca, ya lo sabes. Quiere venirse a Nueva York —dijo su madre entonces, como si el objetivo de Annie fuera hacerse prostituta—. Y no me la puedo imaginar viviendo con tu abuela.

—Ah, claro, en ese antro de corrupción.

—Ríete, pero es verdad. Eden es una mala influencia —murmuró Janet, tomando un sorbo de té—. Tu padre y yo estamos muy preocupados. Tú, como hermana mayor, podrías cuidar de ella. Si compartierais un apartamento…

—Mamá, Annie es muy desordenada. Paso de vivir con ella.

Claramente derrotada por el momento, Janet Baxter se levantó.

—Me voy, no quiero llegar tarde al teatro. Por favor, piensa en lo que te he dicho —dijo, sonriendo—. Me alegro de verte, Darcie. Te llamaré mañana. A lo mejor podemos vernos antes de que me marche.

—Me voy a Sidney mañana por la noche.

—Podríamos comer juntas. Así hablaríamos de Annie.

Darcie se levantó también. No pensaba tomar una decisión hasta que volviera de Sidney.

—Muy bien. Y también podremos hablar de Julio, un amigo de la abuela.

Darcie iba sonriendo mientras entraba en FAO Schwarz, la famosa juguetería, el sábado por la tarde. Quería comprar un regalo para la hija de Claire antes de marcharse. Al fin y al cabo, era su ahijada y sentía mucho cariño por ella.

Quizá aquella cosita tan pequeña haría que todo fuese bien. Ni errores, ni meteduras de pata. Quizá Samantha sería un gol, su gol.

—A mí nunca se me han dado bien los deportes. Cuando empecé a tomar clases de equitación, solía montar al revés. Por no hablar de los campamentos de verano. En el río, me hundía como una piedra...

—¿Puedo ayudarla, señorita?

—No, gracias —sonrió Darcie.

—Es que la he oído hablar...

—¿Ah, sí? Es que se me ha olvidado

tomar la pastilla —respondió ella, tomando el ascensor—. Debes tener cuidado, Darcie. Incluso en Nueva York.

Pasó por el departamento de videojuegos y después se paró para observar a dos niños tocando el gigantesco teclado que se había hecho famoso en la película *Big*, una de las favoritas de su abuela. Eden tenía la misma forma caprichosa de ver la vida, como un juego.

Después pasó por el departamento de muñecas. Todo era rosa, con miles de Barbies dominando el espacio: Barbie olímpica, Barbie con vestido de novia, Barbie astronauta. Demasiadas cosas. Ella no cometería ese error en Sidney. «Su» tienda estaría limpia, sería muy elegante, muy sofisticada.

Cuando llegó al departamento de bebés, recordó la conversación con su madre. ¿Compartir apartamento con Annie? Sólo de pensarlo se le ponía el vello de punta.

Cuando llegó a la zona de los peluches intentó imaginarse a sí misma sosteniendo un niño en brazos. De pie frente al altar el día del bautizo, al lado de su marido: guapo, bien vestido, mirándola con devoción... ¿podría ser Merrick?

La fantasía terminó al recordar su comentario sobre los niños. Además, tenía que solucionar su propia vida antes de nada.

Después de descartar el típico osito de peluche eligió una cebra, que le parecía más original, y se acercó a la caja.

Y entonces le pareció ver a Merrick.

¿Qué estaba haciendo en una tienda de juguetes?

Pelo rubio bien peinado, elegante incluso con pantalón de sport y jersey de lana... Darcie pensó entonces que no se había pintado los labios. Y que seguramente se le habría corrido la sombra de ojos. Hacía demasiado calor en la tienda y debía estar hecha un asco.

«¿Y qué más da? Tú eres tú, con o sin maquillaje».

Darcie observó su perfil: nariz recta, barbilla imperiosamente levantada, incluso arrogante. ¿Y no reconocería esos hombros en cualquier parte?

Se habían despedido enfadados el día anterior. Pero cuando hablasen... ella no quería marcharse a Sidney sin decirle adiós. Claire se equivocaba sobre él, se decía a sí misma. Y su abuela también.

Cuando una niña rubita se acercó corriendo hacia Merrick, Darcie no reaccionó. Se había chocado sin querer, algo normal en una tienda llena de gente. Pero él la sujetó por los hombros y le dijo algo con cara de... adoración.

—Merrick.

Al oír su nombre Darcie notó que se ponía tenso. Cuando se volvió, su sonrisa era completamente plana.

—Hola, Darcie.

—¿De compras para tu sobrino?

Merrick no contestó.

—Ah, veo que no —dijo ella, mirando las muñecas—. ¿Para qué querría una Barbie un niño de ocho años?

—¿Qué haces aquí? —preguntó Merrick, nervioso.

—Hablar contigo. Pensé que… antes de irme de Nueva York podríamos…

¿Qué? ¿Volver a acostarnos juntos?

—¡Papá!

La niña rubia llevaba un vestidito de flores… (¿Saks, Laura Ashley?) y tenía los ojos de color azul oscuro, como Merrick.

Papá. Lo había llamado papá.

—¿Por qué no vas a mirar las muñecas, cariño? —preguntó Merrick—. Elige la que quieras.

—¿Puedo, papi?

—Sí, claro que puedes.

La niña desapareció a la carrera y ambos se quedaron en silencio. Claire había tenido razón. «Está mintiendo, Darcie».

Nerviosa, apretó la bolsa que contenía la cebra. Una voz por megafonía informaba sobre las rebajas en el departamento de juegos electrónicos.

Y ella se sentía enferma.

—Bueno. Ahora lo sé.

—Por favor, deja que te explique...

—Qué ingenua soy —lo interrumpió Darcie, atragantada. —No es lo que tú piensas...

—Por favor, no me sueltes la típica frase —volvió a interrumpirlo Darcie, tragando saliva. Podía respirar el aroma de su colonia y otro, más feo, el de la traición—. ¿Vas a decirme que no estás casado?

—Es largo de contar...

—Ahora entiendo que no te acordases de tu sobrino... ¿o estás más acostumbrado a llamarlo «mi hijo»? ¿Cuántos años tiene ese niña, Merrick?

—Seis —contestó él—. Y sí, estoy casado —añadió, pálido, como si Darcie le hubiera dado una bofetada. Que no sería mala idea—. Llevo diez años casado. ¿Es eso lo que querías saber?

—No, lo que quiero saber es por qué follabas conmigo en lugar de con tu mujer. Su agenda, su polvo una vez a la semana... Dos, si tenía suerte. «No vas a dejar a un hombre a medias, ¿verdad?». —No funciona entre nosotros. —¿Qué no funciona? ¿El sexo? ¿Tú y yo? ¿Qué? —replicó Darcie. No se había sentido más humillada en toda su vida.

Merrick intentó llevarla hacia una esquina, pero ella colocó la bolsa con la cebra entre los dos, como un escudo.

—Dímelo aquí mismo.

Si había algún sitio más ridículo que una tienda de juguetes para aquel encuentro, no se le ocurría cuál podía ser. Pero le daba igual.

—Te quiero, Darcie.

—Eres un canalla.

—Lo digo de verdad. Mi matrimonio con Jacqueline no funciona. —¿Se llama Jacqueline? Seguramente habría estudiado en una de las universidades más caras del país y tendría un apellido aristocrático. —¿Me odias? —preguntó Merrick entonces. —Ahora mismo, desde luego que sí. Darcie apretó la cebra, escuchando su propia respiración. Parecía capaz de ahogar los ruidos de la tienda, capaz de ahogarla a ella misma.

«Atención, por favor, el servicio de urgencias al departamento de la Barbie; hay una mujer desmayada en el suelo».

—¿Cuándo te vas?

—Ya te lo dije, mañana.

—¿Podemos vernos antes?

—No quiero verte —contestó Darcie.

Merrick hizo una mueca.

—¿Cuándo volverás de Sidney?

—No lo sé —contestó ella. Ya se lo había contado. ¿No la escuchaba? No, seguramente no—. Volveré cuando haya encontrado un local.

Estaría allí el tiempo necesario no sólo para organizar la nueva tienda, sino para remendar su corazón. Para siempre, seguramente.

Cuando la niña rubita volvió corriendo y se abrazó a las piernas de Merrick, Darcie apartó la mirada. —¿Me compras esta, papá? Llevaba en la mano una Barbie astronauta. Perfecta para aquel momento. —Claro, cielo.

—¿Tú también quieres una? Merrick sonrió.

—Buen intento. No, hoy sólo compraremos esta. Darcie miró los ojos azules de Merrick y después, apretando fuertemente la cebra contra su pecho, se dirigió al ascensor.

—¡Darcie, espera! Pero no esperó. Ni siquiera miró hacia atrás. De repente, el ruido, la gente, las muñecas, todo tenía sentido. Y, por primera vez, ella iba a decir la última palabra.

—Papá ya se ha comprado una muñeca... o eso creía él. La Barbie australiana. Pero Merrick Lowell no volvería a verla nunca.

Capítulo tres

—BAILA, morena, la, la, la... —Darcie iba cantando una canción cuya letra apenas recordaba y, de repente, sus ojos se llenaron de lágrimas.

Jet lag, se dijo a sí misma. Estaba en el hotel Westin de Sidney, un moderno edificio de acero, cristal y madera brillante. Sobre su cabeza había un lucernario a través del cual veía las estrellas.

Nueva en aquel hemisferio, Darcie estaba sentada en el bar intentando digerir el filete que había cenado poco antes en uno de los restaurantes del hotel. Con Walt. Pero Walt había subido a su habitación.

Con su traje de raya diplomática, no debería sentirse fuera de lugar. En Nueva York, a quince mil kilómetros de allí, las mujeres iban de negro también, particularmente después de las cinco. Con un buen collar de perlas, le habría aconsejado su madre. En la mayoría de las ciudades importantes del mundo uno no se equivocaba con el negro, pero Darcie arrugó el ceño, mirando su copa. Ella no llevaba perlas y el ópalo parecía la piedra del momento en Australia a juzgar por la cantidad de ellas que había visto en los escaparates. Y, a juzgar por el grupo de ejecutivos que había a su derecha, los australianos bebían más cerveza que vino.

Darcie intentó estudiarlos, pero no podía concentrarse.

—Menos mal que no me quedé embarazada —murmuró, pensando en Merrick.

El canalla.

Que estuviera casado no era el único problema. Ella podía ser un poco ingenua, pero no era idiota. Como mujer del nuevo milenio, sexualmente libre, podía soportar que estuviera casado, pero que le hubiera escondido la verdad… le seguía doliendo.

Darcie odiaba las mentiras. Y a los mentirosos.

Parpadeando, dejó la copa sobre la mesa. ¿Y si le había pegado algún herpes? Así era como debía recordar a Merrick, con herpes y verrugas.

Entonces se llevó una mano al corazón. No había problema porque siempre usaron preservativo. Merrick no quería niños. Entonces, ¿por qué tenía dos?, se preguntó. Quizá también le había mentido sobre eso. Le había mentido sobre todo.

Suspirando, se echó hacia atrás en la silla. Había un hombre en la barra, hablando con el camarero. Otro australiano solitario, pero este eclipsaba a los demás. Tenía el pelo oscuro, al contrario que Merrick (un punto a su favor), y lo llevaba más largo. Un pelo en el que una mujer podría enredar los dedos.

Tenía los hombros tan anchos que tapaba al camarero. Y su perfil era más interesante que el de Merrick. Buenos deltoides bajo la camisa de cuadros, un estómago plano y unas piernas largas y poderosas. Llevaba botas de buena calidad. Cuando dio un trago, Darcie observó su nuez subiendo y bajando. Era cierto, los australianos estaban muy buenos.

¿Podía alguien ser más perfecto que aquel hombre? Era como una fantasía hecha realidad. Incluso había dejado el sombrero australiano, un Akubra, sobre la barra.

—Qué tío más guapo —murmuró, con una sonrisa.

¿Por qué no? Estaba sola en un país extranjero y nadie la miraba. Desde luego, los ejecutivos sentados a su lado estaban demasiado ocupados haciendo bromas y fumando puros. Además, sentía deseos de vengarse de Merrick y levantó su copa para saludarlo.

El extraño miró por encima del hombro para ver si se dirigía a otra persona y, al comprobar que era a él, tomó su sombrero. Darcie miró su copa, tragando saliva. Quizá se había pasado con el saludo…

¿Se acercaría a ella?

Cuando una sombra alta se colocó a su lado no tuvo ninguna duda. Allí estaba.

—Eres nueva, ¿verdad? Bienvenida a Sidney —le dijo el hombre, con un acento australiano tan fuerte que casi parecía otro idioma.

No era una frase muy brillante, pero su voz podría haber derretido el Polo Norte. Con el sombrero echado hacia atrás y sujetando la chaqueta sobre el hombro parecía decir: «Tómame, soy tuyo».

—¿Te importa si me siento?

—Claro que no.

Darcie tuvo que tragar saliva de nuevo. Aquel hombre hacía que le temblasen las piernas.

—¿Qué estás tomando?

—Vino blanco.

El extraño llamó al camarero para pedir una cerveza y otra copa de vino.

—¿A qué te dedicas? —le preguntó Darcie, por decir algo.

—Crío ovejas. En un rancho.

Aquel hombre podría estar en un escaparate de Nueva York o en una pasarela... ¿y lo que hacía era criar ovejas?

—¿Y ese sombrero...?

Él se lo quitó, como recordando de repente sus buenas maneras, y se lo puso a Darcie. Cuando la mano del extraño rozó su mejilla, sintió una oleada de deseo.

—Ahora pareces una australiana. Pero tendré que enseñarte un par de cosas.

Llevaba un anillo en el meñique de la mano derecha y hasta eso le gustó.

—Podríamos hacer un intercambio.

—Muy bien. Yo te enseño a hablar como nosotros. Mi idioma, el idioma de una cultura de convictos rebeldes a cambio de… ¿de qué? ¿De tu estricta gramática inglesa?

—No suena muy interesante.

—Quizá podríamos buscar otro tipo de acuerdo. Algo más interesante —sonrió el hombre, estrechando su mano—. Encantado de conocerte. Me llamo…

Antes de que pudiera decir su nombre, ella apartó la mano. El firme apretón, el calor de sus dedos. Todo era demasiado perfecto.

—Mejor no.

—¿No qué?

—Mejor no decir nuestros nombres —sonrió Darcie, jugando con el sombrero. Había tenido suficientes mentiras con Merrick Lowell. Si acababa con aquel tipazo australiano (ay, abuela, si lo vieras) no lo lamentaría por la mañana—. Mejor que eso sea… un misterio.

Él esperó hasta que el camarero dejó las copas sobre la mesa. El calor de sus ojos se había enfriado considerablemente.

—No trabajarás aquí, ¿verdad?

¿Trabajar?

—No, ahora mismo no —contestó Darcie. Él la miró, suspicaz—. He terminado a las cinco. Hora de Australia, como se llame.

—Hora de Nueva Gales del Sur. La hora de Greenwich más diez.

En Nueva York eso sería... el día anterior. Darcie estaba demasiado nerviosa, demasiado encantada con él como para ponerse a hacer cuentas. ¿Por qué parecía decepcionado?

—Mi jefe dijo que podía irme a dormir, pero sigo con el reloj cambiado. No sé si bostezar o ponerme a hacer flexiones.

Entonces se dio cuenta. «No trabajarás aquí, ¿verdad?». El australiano pensaba que trabajaba en el bar.

—¿Crees que soy una...?

—Cariño, eres guapísima, pero no me gustan las putas.

—Pues no sabes cuánto me alegro.

Esperando haberlo convencido de su relativa inocencia, Darcie se apoyó en la pared, sonriendo.

Durante la última hora, mientras los ejecutivos de la mesa de al lado aumentaban el nivel de las risotadas, el vaquero y ella también habían llevado su «relación» a otro nivel.

Cuando le hizo entender que Walt Corwin no era su chulo, la conversación se convirtió en un juego muy estimulante.

Las puertas del ascensor se abrieron y Darcie y el ovejero subieron sin decir nada.

Él pulsó el botón de su planta, Darcie iba a pulsar el de la suya… y entonces, sujetando su mano, el extraño la aplastó contra la pared. El anillo que llevaba en el meñique de la mano derecha golpeó la madera.

Darcie seguía llevando el sombrero cuando empezó a besarla apasionadamente en el cuello. Su cálido aliento despertó un escalofrío de lujuria desde la raíz del pelo hasta los zapatos de tacón.

Besó su garganta, el lóbulo de las orejas… que tomó entre sus dientes. Unos dientes preciosos, por cierto. Y entonces empezó a acariciarla por encima de la ropa.

—Así que te dedicas a las ventas.

Había tenido que contarle algo sobre sí misma. Pero sólo le dio una idea general. Y, sin embargo, allí estaban, en el ascensor, subiendo a su habitación. Darcie tuvo un *déjà vu*. Los lunes por la noche, con Merrick en el Grand Hyatt…

—Es un puesto nuevo. No sé si seré capaz de hacerlo bien.

—Estoy seguro de que puedes hacer todo lo que te propongas.

Ella recordó entonces a Walt.

—Mi jefe está durmiendo.

—¿Contigo?

—No, en la habitación de al lado.

—Eres muy graciosa.

Sí, graciosísima. Los hombres y las habitaciones de hotel se estaban convirtiendo en una constante en su vida. Pero el australiano seguramente le daría un cachetito en la mejilla y volvería al bar. De modo que su gran noche en Sidney se iría a tomar por saco.

—Graciosa en el buen sentido.

—Sí, soy monísima y la gente se parte de risa conmigo —murmuró Darcie, mientras él deslizaba los labios hasta el primer botón de su blusa.

—Eres…

¿Qué iba a decir? «¿Una tía patética, con jet lag y a punto de tener la regla?».

—¿Qué soy?

—Eres endemoniadamente sexy.

A Darcie se le doblaron las piernas y apartó la cara para que pudiera besarla mejor en el cuello, en el canalillo… que tenía cuando llevaba el sujetador adecuado.

Pero, por un momento, recuperó la sensatez. Walt dormía en la habitación de al lado. Estaba allí para trabajar y no debería llevarse a un extraño a su habitación. ¿Estaba loca? Los hoteles empezaban a convertirse en su segundo hogar, pero aquello podría ser peligroso.

—No serás un asesino psicópata, ¿verdad?

—¿Crees que te lo diría? —sonrió él. Sí, desde luego, la pregunta había sido muy inteligente, pensó Darcie—. ¿En qué planta estás?

—En la treinta y tres.

—Yo estoy en la treinta y uno. Vamos allí, está más cerca.

Después de eso, Darcie dejó de buscar razones para resistirse. Además, seguramente los de seguridad del hotel ya habrían visto todo tipo de «maniobras» en los monitores.

Él la tomó de la mano y, sin dejar de besarla, metió la tarjeta en una puerta. La lucecita verde se encendió y entraron en la habitación, sin dejar de besarse.

Darcie vio unas paredes de color beige, una cama con cabecero de madera, dos lámparas… Antes de que pudiera decir nada, él la aplastó contra el armario empotrado. Desde luego, sabía besar…

Cinco segundos después, mientras desabrochaba hábilmente los botones de su blusa, Darcie estaba sin aire.

Entonces se quitó el cinturón, que cayó al suelo con un golpe sordo. Fuera, al otro lado del balcón, brillaban unas estrellas desconocidas para ella. A unos metros de allí, en el puerto, la gente tomaba copas. Daba igual. Con la camisa abierta y su blusa desabrochada, el extraño aplastó el torso contra sus pechos y Darcie lanzó un gemido. No llegarían a la cama.

—¿Te gusta? —murmuró él, bajándose la cremallera del pantalón. Darcie oyó que rasgaba un paquetito, del que sacó un preservativo—. Te gustará más, te lo prometo.

—No me defraudes.

Él le quitó las braguitas tan rápido que Darcie apenas se enteró. Entonces apretó su trasero con las dos manos. Ese punto tan delicado allí abajo necesitaba atención urgente, pero su pene ya apretaba contra ella.

—Estás limpia, ¿no?

Darcie hizo una mueca.

—Estoy limpia.

—Yo también. Deja que te enseñe mi… arma —susurró él.

Entonces la penetró. Fuerte. Hasta el fondo. Darcie se quedó sin aliento.

—Ohhhhh.

—Uhhhhhhh.

Las estrellas empezaron a brillar. La luna asomó por encima del balcón. El frío suelo de mármol beige hacía que se le doblasen los dedos de los pies… ¿o era aquel hombre? Su erección era ardiente, aterciopelada. Darcie notaba el espejo helado contra su trasero desnudo. Si él abría los ojos, ¿vería su culo aplastado contra el cristal? Pero a Darcie le daba igual su trasero desnudo y le daban igual las habitaciones de hotel con hombres que no la querían.

Él se movía, dentro, fuera, dentro, fuera, hasta que los dos perdieron la cabeza.

No supo cuánto había durado. Segundos, minutos, horas. No lo suficiente. En algún momento, mientras las estrellas seguían brillando, cuando aún seguía llevando puesto el sombrero, el orgasmo la envolvió, rápido y abrumador.

Con un último empujón, él también se corrió, lanzando un gemido ronco.

Cuando dejó de temblar, apoyó la cabeza en el espejo. A ella le daba igual que le viera el trasero aplastado, reflejado en toda su gloriosa deformidad. Cuando el extraño apoyó la cara en su cuello, Darcie se apartó y el sombrero cayó al suelo. No sabía cuál de los dos respiraba con más dificultad.

Su corazón latía con furia. El pulso de él, enloquecido, golpeaba sobre su pecho.

Cuando el extraño susurró una palabra erótica Darcie dejó escapar un gemido, dispuesta a empezar otra vez. Y cuando él la besó, un beso largo, húmedo, rezó para que aquella noche no terminase nunca.

—¿Quieres otra cerveza?

Horas más tarde, él estaba desnudo frente al minibar, como un dios pagano, un ejemplar perfecto a la luz de la nevera abierta. Y Darcie lo deseó de nuevo.

Envuelta en el edredón blanco, estaba tumbada entre un montón de almohadones, sonriendo. Aunque no le gustaba la cerveza, dijo que sí.

—¿Y después…?

—Primero nos rehidrataremos y luego podemos negociar.

Como Escarlata O'Hara a la mañana siguiente, Darcie no podía dejar de sonreír.

—No pienso pelearme contigo.

—Eso esperaba.

—Me gustan los hombres que cumplen sus promesas.

Con una sonrisa en los labios, él cerró la puerta de la nevera y se acercó, en todo su esplendor masculino. Darcie levantó el edredón, invitadora. Las luces de la ciudad iluminaban su piel morena, las arruguitas alrededor de los ojos…

—¿Cuántos años tienes?

—Treinta y cuatro. ¿Por qué?

—Porque te conservas muy bien. Yo tengo veintinueve.

—Los dos somos mayorcitos —sonrió él, acariciando su pecho—. Pero a la mayoría de las mujeres no les gusta decir su edad.

—¿Siempre eres tan amable?

—Eso espera mi madre.

Oh, cielos, una grieta en el muro de placer. Su madre.

—Pero no, ahora no quiero ser amable.

—Me alegro.

—Oye, que no había pensado que fueras una profesional.

—Sí lo pensaste.

—Bueno, pero no quería pensarlo.

—¿Por qué no? ¿Para no tener que pagar? —sonrió Darcie.

—Yo nunca pagaría por eso, aunque fuera más feo que un ogro.

—Créeme, no tienes nada de qué preocuparte.

—No estoy preocupado.

—¿No es este un tema demasiado personal para una primera cita?

—¿Qué, el sexo? Toma otra cerveza, así no te importará —sonrió él—. ¿Esto es una cita?

—Pues… no, supongo que no. Nada de compromisos. No le gustaba la cerveza, pero a la tercera botella empezó a saberle bien. ¿O era la cuarta? Él había tenido que llamar al servicio de habitaciones cuando terminaron con todas.

—Para ser una mujer que odia la cerveza,

no se te da nada mal.

La habitación había empezado a dar vueltas.

—Es más barata que el whisky.

—¿Vives aquí?

—No, en Nueva York. Y trabajo en Manhattan. Ya sabes, la isla que los nativos americanos le vendieron a los holandeses.

—¿Tú sola?

«No, con mi abuela». No podía decirle eso. No quería que supiera demasiado sobre ella. Además, intentaba no pensar en su abuela, a quien divertiría enormemente aquel encuentro. Aquella noche era su noche. Un polvo de una noche. Al día siguiente...

—No, vivo con una compañera.

Lo era, su abuela. Tenía dos compañeras en realidad, si contaba a Baby Jane, la gata demoníaca.

Él la miró, horrorizado.

—Si yo fuera tu padre no te dejaría vivir sola en una ciudad como Nueva York. Es demasiado peligrosa.

—Pero no eres mi padre —sonrió Darcie, deslizando una mano por su estómago—. Y esto también es peligroso.

Eso lo distrajo. De nuevo. Y, como ella esperaba, el hombre sin nombre alargó la mano para tomar otro paquetito de la mesilla.

—¿Y qué pasará cuando nos quedemos sin condones?

—Pues... tendremos que negociar —murmuró Darcie, envolviéndolo en su mano—. O improvisar.

—Suena bien, Matilda —sonrió su acompañante, bromeando sobre el nombre de la cerveza.

Darcie asintió. En aquel momento sólo quería hacer el amor con él. Era diferente. Nunca se había sentido más deseada. Compartieron la última cerveza... la quinta (¿o la sexta?) y Darcie hizo realidad sus fantasías durante toda la noche.

Después, se quedó dormida en sus brazos, temiendo el amanecer.

Hasta que los primeros rayos del sol penetraron por la ventana de la habitación 3.101 del hotel Westin en Sidney. Entonces Darcie Elizabeth Baxter se despertó, sintió náuseas y fue corriendo al baño.

Darcie escupió en la taza y tragó saliva. Apoyando los talones en el suelo de mármol, se pasó una toalla por la cara y respiró profundamente para asentar el estómago.

Ya estaba. No iba a morirse.

Entonces se dio cuenta de que no estaba sola.

Sin levantar la mirada supo que estaba allí, apoyado en el quicio de la puerta, sin camisa. Y su corazón dio un vuelco. Ese torso desnudo, cubierto de un suave vello oscuro que había acariciado durante toda la noche, los pezones pequeños, masculinos...

—Hola, Matilda. ¿Cómo estás?

Tenía una voz ronca, adormilada.

—Bien. Más o menos.

Lo oyó entonces abrir una lata de cerveza y el olor la hizo sentir náuseas de nuevo.

—¿Qué hora es?

—Casi las seis.

—¿De la mañana?

—Claro. Creo que anoche bebiste demasiado.

—Y follé demasiado —murmuró Darcie.

—La cerveza, el jet lag... te he oído potar.

—¿Potar?

—En Australia lo llamamos así. No hay un sonido más horrible.

Aunque a él no debía molestarlo demasiado. Si podía tomarse una cerveza a las seis de la mañana con el estómago vacío debía tenerlo de hierro. Desde luego, por fuera los abdominales lo parecían.

—Ya me gustaría cambiarte el sitio.

—No, gracias —sonrió él—. ¿Seguro que estás bien?

—Sí, gracias —contestó Darcie, aclarándose la garganta.

—Estás lívida.

Ella levantó la cabeza. Torso desnudo, estómago plano, vaqueros sin abrochar. Y, oh, cielos, aquel bulto bajo los pantalones. ¿Qué clase de hombre tiene una erección mirando a una mujer que acaba de vomitar? Pero ella no había podido apartar sus manos de... de eso en toda la noche. Quince o dieciséis centímetros eran más que suficiente.

Darcie contuvo un suspiro. La profundidad de la depravación en la que se había sumido nada más cruzar el Pacífico... Catorce horas de avión y se convertía en una puta.

¿Podía sentirse excitada por un australiano moreno y musculoso después de vomitar? Un vaquero, además. La repentina imagen de su sombrero Akubra... ¿dónde estaba, por cierto?

Lo había conocido en el bar del hotel Westin... y una hora después se acostaba con él. Sin preguntarle su nombre. Podía sentir la mirada del hombre clavada en ella; quizá estaba preguntándose si debía llamar a los loqueros. O a la brigada antivicio.

—Debe haber sido la cerveza. No estarás embarazada, ¿verdad?

—¿Embarazada? ¿Yo?

—De mí no, claro...

—No me había acostado con nadie desde 1985.

Él la miró, perplejo.

—¿Eso es posible? Me dijiste que habías dejado de ser virgen a los veintitrés.

—Era una broma.

Él no parecía creerla. No parecía muy listo, desde luego, pero con aquel cuerpo... Quizá, después de Merrick, un buen cuerpo sería suficiente.

—¿Ves algo que te guste? ¿Otra vez? —bromeó él.

Darcie se rindió. Qué demonios. Una aspirina y estaría como nueva.

O casi.

«Eres historia, Merrick Lowell», pensó, levantándose. Aunque no volviese a hacer el amor hasta la mitad del siglo XXI, el recuerdo de aquel australiano la calentaría durante muchas noches.

—Hola, me llamo Darcie Baxter. ¿Y tú?

Capítulo cuatro

—DYLAN Rafferty.

Suspirando, Darcie se dispuso a confesar su aventura de la noche anterior. Sentada en un banco del parque con Walt, miraba los eucaliptos sin prestar mucha atención.

—¿A qué se dedica? —preguntó Walt Corwin.

—Tiene un rancho… de ovejas. Como tantos otros australianos.

Walt hizo una mueca.

—¿Y tenías que irte a la cama con él la primera noche en Sidney?

—Vaya, no sabía que me hubieras echado de menos.

—Muy graciosa.

—Tú estabas en tu habitación, dormido, y Wunderthings no puede reclamar mi tiempo después de las cinco de la tarde.

Walt y ella habían tomado un desayuno rápido antes de su reunión con un grupo de hombres de negocios y representantes del Ayuntamiento de Sidney, todos ellos interesados en la firma norteamericana de ropa interior que iba a instalarse en Nueva Gales del Sur.

—Australia está destinada a ser una potencia económica —les dijo Walt—. Por eso vamos a traer a este continente una de las empresas de lencería más conocidas en Estados Unidos.

No dejaban de hablar sobre bragas, sujetadores, tangas... pero como lo hacían los australianos, que casi hacía falta usar un diccionario.

Durante todo el día Darcie deseó la presencia de Dylan Rafferty. Pero no en su cama, sino como traductor.

—Señor Corwin, lo que nos preocupa es crear y preservar puestos de trabajo australianos —replicó el ejecutivo que parecía llevar la voz cantante.

—Wunderthings ofrecerá puestos de trabajo...

Darcie acudió al rescate sacando unos papeles de su maletín.

—Supongo que entenderán que este proyecto significa dinero para Sidney. Y una vez que estemos instalados aquí, podríamos hacerlo en Canberra, Adelaide, Melbourne...

En fin, aquello no fue del todo acertado. Por lo visto, había una gran rivalidad entre Melbourne y Sidney. Para los de Melbourne, los ciudadanos de Sidney no eran más que un grupo de ex convictos.

Había sido una reunión tremenda y Darcie

aún no estaba recuperada.

Además, le dolían los pies.

Eran las cuatro de la tarde y sólo quería quitarse los zapatos para darse un masaje. «Qué horror. A las mujeres cuando no les duele una cosa les duele otra».

Y, con el comportamiento típico de los hombres, Walt la había llevado de un lado a otro durante todo el día, olvidando que llevaba zapatos de tacón.

Al menos hacía calor en Sidney. ¿Verano en enero? Un buen cambio después del cielo gris de Nueva York.

—¿Cuántos locales crees que hemos visto hoy?

—No los suficientes —contestó su jefe.

—Walt, me parece que te estás equivocando.

Él la fulminó con la mirada.

—Nos estamos equivocando.

Darcie se mordió los labios. No podía insultar a su jefe. Además de que podría perder su trabajo, estaban a miles de kilómetros de casa y Walt era el único que hablaba de forma comprensible. Él no levantaba la voz al final de la frase ni se comía las vocales.

Aunque eso en Dylan resultaba muy atractivo.

¿De verdad estaba Walt enfadado porque se había acostado tarde la noche anterior…

o más bien porque no había dormido, dedicándose a otros menesteres?

Una pena que no supiera localizar a Dylan Rafferty.

—¿Por qué? —preguntó Walt entonces.

—¿Eh?

—Di lo que estás pensando.

«Quiero pasar estas dos semanas en la cama con un vaquero australiano».

Eso era lo que estaba pensando. Sin embargo, había sido ella quien puso límites. Ni nombres, ni números de teléfono, ni planes para el futuro.

—¿Crees que deberíamos mirar el local de la calle Gloucester?

—A mí me parece muy pequeño…

—Está en uno de los mejores barrios. Hay mucho tráfico, la gente pasea por allí.

—Sólo durante los fines de semana. A partir de las cinco en ese barrio sólo se llenan los restaurantes.

—¿Qué sugieres entonces?

Darcie se quitó un zapato, irritada.

—Ah… por favor. Esto es mejor que el sexo. —Debiste pasar una noche estupenda con el vaquero —murmuró Walt. —Ahora mismo sólo quiero un masaje en los pies. Impaciente, Walter se levantó. Él no iba cojeando y no tenía una carrera en las medias. Sin embargo, era un buen jefe, un buen mentor y llevaba en Wunderthings desde el principio. Pero cinco años no lo convertían en una mujer… una mujer con tiempo limitado y demasiadas obligaciones.

—He estudiado el informe y sé que las mujeres australianas trabajan fuera de casa y que no tienen mucho tiempo para comprar ropa interior.

—¿Y?

—¿Dónde están nuestras mejores tiendas en Estados Unidos?

—En los grandes almacenes —contestó Walt.

—Eso es. Las mujeres van a los grandes almacenes porque allí pueden encontrar de todo. Esa es la respuesta, instalar la tienda en unos grandes almacenes. Walt dejó escapar un suspiro.

—Mi espalda me está matando. Muy bien, vamos a ver el último local y después me invitas a cenar. Mañana iremos a los grandes almacenes.

—Pero si tú tienes una cuenta de gastos…

—Y tú también. Te toca pagar. Darcie vaciló.

—Sólo quieres vigilarme para que no lo pase bien esta noche… o sea, para que no me meta en líos.

—Con Dylan Rafferty.

—Pues sí. Debe tener ascendencia irlandesa. Y ya sabes lo que dicen de los irlandeses.

—No creas todo lo que lees. También es australiano. —Y la combinación es *magnifique* —sonrió Darcie. Era. Había sido una locura ir a su habitación. Y más locura todavía dejarlo escapar.

«La historia de mi vida», pensó Darcie. Barcos que se cruzan en la noche... y todo eso. Lo recordó entonces, con sus pantalones vaqueros, con la camisa que marcaba esos pectorales...

—¿Vas a volver a verlo?

—Lo dudo.

—Mejor. Tenemos muchas cosas que hacer.

—Walt, ¿tú tienes vida aparte del trabajo?

¿La tenía ella?

A Greta le gustaba ir temprano a la oficina. Le encantaba el amanecer en Manhattan y los bollos franceses que vendían cerca de Wunderthings Internacional. Le gustaba subir sola en el ascensor y encontrar los despachos vacíos. Adoraba la oportunidad de rebuscar en los escritorios de los demás.

Con un café y un bollo en la mano, entró en el espacio de Nancy Braddock, anexo al despacho de Walter Corwin.

Suspirando, se quitó el abrigo negro y se subió las mangas del jersey. Un jersey acrílico, por supuesto. Ella no podía comprar jerséis de cachemira. Ni siquiera podía comprar la mezcla de lana y algodón que compraba Darcie Baxter. Lo sabía porque había mirado la etiqueta. De modo que se puso a trabajar. Nancy merecía ser espiada. Y Walter también.

Aunque al pensar en él su corazón diese un vuelco.

En Wunderthings nadie cerraba los cajones. Greta había trabajado en oficinas donde la privacidad y la seguridad eran casi una paranoia, pero allí no. Afortunadamente. Era asombroso, pero en los cinco años que llevaba en la empresa (Walter y ella empezaron el mismo día) había aprendido mucho de aquellas sesiones de espionaje.

Si Nancy no la hubiera pillado con el proyecto de Darcie…

La oficina parecía más vacía que de costumbre aquella mañana y la soledad gritaba su fracaso.

Gracias a Nancy, Darcie Baxter estaba en Sidney.

Con Walter.

El doble insulto era insoportable.

Después de echar un vistazo en los cajones, Greta miró en la papelera. Había informes, borradores, mensajes… nada de interés. Pero nunca se sabe.

La ingenuidad de Darcie sería su perdición. Sólo tenía que buscar su oportunidad. Esa zorra morena de ojos color avellana no iba a destrozarle la vida otra vez.

En cuanto a Walter… nunca se fijaba en ella. Pero también eso cambiaría.

Cuando se abrieron las puertas del ascensor al otro lado del pasillo, Greta se escondió bajo el escritorio de Nancy. ¿Quién sería a esas horas? Darcie no, porque en aquel momento estaría con Walt en algún hotel de Sidney.

¿Por qué no podía Baxter sentirse satisfecha con el ascenso? ¿No era suficiente? ¿También necesitaba a Walter Corwin?

Greta estaba furiosa.

La persona que había salido del ascensor tomó otro pasillo. Seguramente sería alguno de los jefazos… que nunca habían agradecido su contribución en Wunderthings.

Pero ella les demostraría quién era y Walter tendría que reconocer su valía. Olvidaría las murmuraciones malintencionadas que intentaban culparla a ella por su propia falta de creatividad. Darcie Baxter sobre todo.

Greta tomó un papel de la papelera. Ajá, Nancy no era más lista que Darcie. Algún día Walter la recompensaría por lo que estaba haciendo. Como ni él ni el Consejo de administración sabían valorar su talento...

La nota amarilla casi había escapado a su atención.

«Oh, Nancy, no deberías haberla dejado en la papelera».

El mensaje decía lo siguiente:

Walt,

Acabo de ver la propuesta de Darcie Baxter en la bandeja de Greta Hinckley. Pero la idea es de Darcie. Quizá deberías reconsiderar las sugerencias «de Greta» en cuanto a la expansión de Wunderthings.

Nancy

¿Cómo se atrevía?

Furiosa, rompió el papel en mil pedazos. Su objetivo a partir de aquel momento sería también Nancy Braddock.

Y algún día... algún día triunfaría.

Darcie no sabía con quién se la estaba jugando. Nadie lo sabía. Y tampoco Nancy.

Zorras.

Las hundiría a las dos.

En el oscuro túnel del acuario de Sidney, Darcie levantó la mirada, sorprendida. Por encima de su cabeza pasaban nadando mantas y tiburones. Los colores del arrecife de coral la emocionaban. Y su acompañante también.

No podía creer que se hubiera vuelto a encontrar con Dylan Rafferty... una y otra vez la noche anterior.

Parecía demasiado bueno como para ser real.

—Lo que daría por conseguir esos colores —murmuró.

Traducción: «lo que daría por meterte en mi maleta y llevarte conmigo a Nueva York».

Él apretó su mano. Darcie sabía que no había entendido el mensaje, pero la presencia del hombre a su lado animaba aquel sábado. En realidad, estaban siendo unos días maravillosos.

—Los usaría en la tienda nueva. Los reproduciría en ropa interior, en pañuelos... Convertiría Wunderthings en una empresa de colores espectaculares.

—A Walt Corwin no le caigo bien —dijo Dylan entonces.

Sorprendida, Darcie se volvió.

—A Walt no le cae bien nadie.

Eso no era cierto del todo, pero no quería herir los sentimientos de Dylan. Estaba muy callado y al principio pensó que, como ella, admiraba la belleza del acuario. Aparentemente, no era así.

—En cuanto me vio estuvo a punto de

encerrarte en tu habitación. Sola.

—Dylan, lo has visto cinco minutos en el hotel. Además, Walt no es mi padre. No estarás enfadado, ¿verdad?

—No.

—Pues lo parece.

Dylan la tomó por la cintura, señalando un pez atigrado.

—Mira, parece que lleva calzoncillos de rayas. Y no, no estoy enfadado.

—¿Porque tú eres un machito?

—Porque no —sonrió Dylan, inclinándose para besarla en el cuello.

—¡Mira! —exclamó Darcie, señalando una cosa fucsia que flotaba en el agua—. ¿Qué es?

—Una anémona. ¿Ves la azul?

—No es azul, es verde.

—A mí me parece azul.

—Sea del color que sea, es preciosa.

—Tú también lo eres —murmuró Dylan.

¿Lo decía en serio? Dylan Rafferty solía decir lo que pensaba y eso le gustaba mucho. Pero ella estaba acostumbrada a hombres como Merrick, que o no compartían sus emociones o no las sentían en absoluto.

—Tengo los ojos demasiado separados. Mis dedos son cortos y…

Dylan miró alrededor, vio que estaban relativamente solos en el túnel y la apretó contra sí.

—Anoche me parecías maravillosa, perfecta.

—Eres un seductor, Dylan Rafferty.

«¿Cómo he tenido tanta suerte por una vez en mi vida?».

Aunque las opiniones de Dylan sobre los hombres y las mujeres y los papeles que debían ocupar en el mundo eran... anticuadas. Como su idea de que los niños eran lo más importante en una pareja. Y las continuas alabanzas a su madre. Darcie estaba de acuerdo en que los hijos eran importantes, pero también se daba cuenta de que él era muy anticuado. Y cabezota. Y en cuanto a su opinión sobre las mujeres profesionales como ella...

—Tú sí que eres una seductora. ¿Quieres que volvamos al hotel?

El tono sugerente hizo que Darcie dejara de contar sus defectos.

—Primero vamos a ver el resto del acuario.

Él hizo una mueca.

¿Estaba enfadado, aburrido? Esperaba que no, pero quizá sólo le interesaba la cama. Darcie no quería pensar en ello. Tres días atrás, cuando volvió con Walter al hotel después de pasearse por todo Sidney, se encontró con Dylan en el bar. Y, si era sincera, tenerlo de vuelta en su cama había sido un regalo. Aunque a Walt no le cayese bien.

Y mientras estuviera en Sidney no pensaba dejar de verlo.

Mientras paseaban por el túnel, rodeados de peces de colores y envueltos en una música que le daba a todo un aire irreal, los ojos de Darcie se llenaron de lágrimas. No sabía por qué, pero sentía un inexplicable deseo de llorar ante la belleza del mar... o quizá porque había encontrado a aquel hombre tan atractivo, tan interesante.

Dylan le pasó un brazo por los hombros y Darcie apoyó la cabeza en su pecho. Una pareja de adolescentes estaba besándose cerca de ellos.

—Esta es la cita más bonita que he tenido en mi vida.

—Ah, ¿entonces es una cita?

—Definitivamente.

Dylan asintió.

—¿Y si es algo más que una cita?

—¿Te refieres a después, en la habitación?

—No, en mi vida. En tu vida.

Darcie se apartó un poco.

—Vaya, veo que vas muy rápido —lo había dicho sonriendo, pero le temblaban las manos.

—Me gustas, Darcie.

«Te quiero, Darcie», le había dicho Merrick.

—Somos compatibles, desde luego —sonrió Dylan, con esa sonrisa increíble—. Sólo te conozco desde hace cuatro días, pero es como si te conociera desde siempre.

—Eso tendría gracia.

—¿Qué?

—Que tú y yo intentáramos...

—¿Tener una relación seria?

—Tú lo has dicho, no yo.

Ella no mantenía relaciones serias. Como con Merrick, nunca le duraban. Además, tenía que pensar en Wunderthings, en Walt, en Nueva York, en su abuela... incluso en Baby Jane. Esa era su vida.

Dylan apretó su mano. Una mano fuerte, masculina, endurecida por el trabajo.

—¿De qué tienes miedo?

—No tengo miedo. Apenas te conozco.

—Yo diría que nos conocemos muy bien. Darcie tragó saliva. —Tres noches en la cama, un paseo por el acuario, el desayuno por la mañana... —No olvides la cena de anoche. —También cenamos en la cama, Dylan. Y ni siquiera pudimos terminar el segundo plato.

—Entonces, ¿no cuenta? ¿O significa para ti lo que significa para mí? —¿Un polvo estupendo?

—Si quieres reírte, no puedo impedirlo.

—Dylan, no intento hacerte daño, pero cuando mi jefe y yo encontremos el local que estamos buscando volveré a Nueva York. ¿Tú sabes lo lejos que está eso? —Hay un océano muy grande entre Sidney y Nueva York, sí.

—¿Para qué vamos a seguir en contacto?

—Volverás, ¿no?

—Quizá, pero… —en realidad, Darcie no sabía si iba a volver. O si Walt, harto de sus escarceos nocturnos, decidiría llevar a Greta en su lugar—. Sé que parece un poco frívolo pasar algunos días juntos y luego…

Él se puso tenso.

—No estoy usándote.

—Yo tampoco te estoy usando a ti. Pero, ¿dónde nos llevaría eso?

—Donde tú y yo queramos —contestó Dylan.

Oh, cielos. Esa voz, esos ojos, esas manos…

—Tú pareces querer algo que yo no quiero. Aún no —dijo Darcie entonces—. No quiero convertirme en mi madre.

—¿Qué le pasa a tu madre?

—Nada, excepto que ella tiene un estilo de vida muy diferente al mío.

—¿No me digas que ligas con extraños en todas partes?

Darcie se puso colorada.

—Claro que no. Tú has sido el primero. Mira, mi madre me puso Darcie Elizabeth Baxter. ¿Sabes lo que significan esas iniciales en mi país?

—No.

—Debutante. O sea, una chica que se pone de largo a los dieciocho años, que se casa con un hombre rico y se mueve en el círculo social más adecuado.

—Y tú no querías ser eso.

—¡No! Yo quería ser mi propia persona... aunque tampoco mis padres son lo suficientemente ricos como para presentarme en sociedad. Yo quiero elegir al hombre de mi vida cuando mi carrera esté encaminada. Pero antes tengo que mantenerme y ser independiente...

—¿Eres feminista?

—Gracias a las feministas se han abierto muchas puertas para las mujeres. En mi generación podemos ser lo que queramos y este viaje a Sidney es mi primera oportunidad de probarme a mí misma.

—Y yo soy parte de eso. Temporalmente —suspiró Dylan—. ¿Por eso ligaste conmigo en el bar? ¿Por eso bebiste tanto la primera noche? ¿Estabas intentando probar lo independiente que eres? ¿Que puedes tratar el sexo como los hombres? Eso no es posible, cielo. Las mujeres se quedan embarazadas, los hombres no. ¿No estarás intentando demostrarle a tu madre que no eres como ella?

Darcie se quedó mirándolo, sorprendida.

—¿Por qué dices eso?

—¿Sabes una cosa? Probablemente mi madre es como la tuya. Se casó, tuvo tres hijos y los crió sin trabajar fuera de casa. Ella cuidaba de mi padre y mi padre cuidaba de ella, no veo qué hay de malo en eso.

—No hay nada malo. Pero, ¿no es esto muy prematuro?

—Estamos teniendo una discusión intelectual —dijo él entonces—. ¿No crees en aprovechar las oportunidades?

Darcie no estaba preparada para eso. Además, una relación con Dylan tenía pocas posibilidades de funcionar.

—¿Tenemos que hablar de esto? Habíamos venido aquí para pasarlo bien. Dylan…

Era un hombre muy atractivo, pero… ¿y eso de que las mujeres estaban bien en su casa, cuidando de los niños? Lo último que Darcie deseaba era ser un clon de su madre. Y lo último que él deseaba era una chica de ciudad, una mujer profesional, preocupada por su carrera.

—Somos nosotros, no tu madre o la mía. No es sólo una cita, no son sólo un par de polvos… —Dylan la besó entonces y ese beso la emocionó—. ¿Es que no te das cuenta?

Antes de que pudiera objetar, metió la mano por debajo de la chaqueta para acariciar sus pechos. Sin dejar de besarla, acarició uno de sus pezones hasta que se puso duro. Darcie no pudo evitar un gemido.

Y Dylan sonrió, sus facciones iluminadas por la luz suave del acuario. Después de eso, Darcie perdió la cabeza. Ya definiría su vida y su felicidad más tarde.

—¿Tu habitación o la mía?

Capítulo cinco

CLAIRE Spencer paseaba por la habitación con su hija en brazos. A ese paso iba a estar más en forma que nunca. ¿Cuántos kilómetros había hecho? ¿Cuatro, cinco? En aquel momento, todo estaba en silencio… por primera vez en muchas horas. La cabecita de Samantha estaba apoyada sobre su pecho y, ante la suave presión, Claire sintió que le salía un poco de leche. Demasiado temprano para darle de mamar. «Por favor, no te despiertes otra vez».

Peter se había rendido una hora antes. Desapareció en el dormitorio y podía oírlo en aquel momento, roncando.

Hombres. Estaban en el instante de la concepción y en el instante del nacimiento. Nada más.

Claire levantó una ceja. Después de eso, Peter —como la mayoría de sus amigos y los esposos de sus amigas— parecía creer que ya no tenía más obligaciones. Desde luego, adoraba a Samantha, era la niña de sus ojos. Pero no quería saber nada de la revolución sexual, de la igualdad de los sexos. Su amor no incluía más que un cambio de pañales al día, nada de darle el biberón, nada de quedarse despierto hasta que la niña estuviera dormida.

Claire no había salido del apartamento durante más de dos horas desde que dio a luz.

La maternidad era un lazo. Como el cemento. No, como el pegamento ese que te pega los dedos.

Entonces se regañó a sí misma. ¿Cómo podía pensar esas cosas? No sólo quería a Samantha, daría su vida por ella. En esos horribles momentos, mientras daba a luz y tenía la sensación de que iba a expulsar las vísceras junto con la niña, temió que iba a morir por la causa. Y no le habría importado.

En fin, locuras de las cinco de la mañana.

Samantha se movió un poco y Claire tuvo que sonreír.

—No se lo diremos a nadie, ¿verdad, cariño?

Estaba viva. Y sana. Incluso podría volver a mantener relaciones sexuales... en un año o dos. Y empezaba a perder algún kilo.

Cuando estaba comprobando cómo iba el tamaño de su cintura, la niña empezó a llorar otra vez y Claire se sintió tentada de llorar también.

—Mira, mi amor, es hora de irse a dormir. ¿De acuerdo?

Como si quisiera dejar claro que estaba bien despierta, la niña se sacudió y Claire tuvo que sujetarla con fuerza para que no cayera al suelo. Era increíble lo fuerte que podía ser un bebé tan pequeño.

—¡Peter! —lo llamó, asustada.

Ninguna respuesta, excepto sus ronquidos. Claire estaba asombrada de la cantidad de ruidos que un hombre puede emitir mientras duerme.

—¿De verdad quiero esto?

Samantha seguía berreando.

«¿Dónde está mi madre cuando la necesito?». Pero Claire era una mujer de casi treinta años, casada y con una hija… y su madre estaba en las islas Fiji. Sus padres ni siquiera sabían que Samantha había nacido. Saltando de isla en isla paradisíaca durante los últimos dos meses, sólo se relacionaban con ella enviando postales. Y con el nacimiento de la niña y todo lo demás, Claire había perdido su itinerario.

—¿Qué me pasa? —se preguntó a sí misma, con los ojos llenos de lágrimas.

Acunando a la niña, tomó la bolsa de los pañales. ¿Cómo no se le había ocurrido antes? Un recién nacido tiene necesidades básicas. La había cambiado… ¿cuándo? Una hora antes, cuando Peter se fue a la cama. Su marido había dicho que olía a caquita antes de irse a dormir.

Su marido... Claire estaba enamorada de él. De sus suaves ojos castaños, de su pelo rubio oscuro. Incluso de sus pies, tan elegantes. En realidad, le gustaba todo en él. Aunque su imagen como padre recién estrenado no fuera precisamente impecable.

Parpadeando, Claire colocó a la niña sobre la cama para cambiarle el pañal.

Samantha seguía chillando, por supuesto.

—Siempre me he creído una persona hábil. Menos mal que no soy de las conservadoras, que siguen usando pañales de tela con imperdibles.

Seguramente se los habría clavado a la niña... Entonces se dio cuenta de que estaba hablando sola. Como Darcie. Bueno, daba igual. Darcie estaba soltera y no tenía nadie con quien hablar. Soltera, claro. Y en Australia, seguramente tomando una copa de vino y comiendo carne sin miedo a la enfermedad de las vacas locas, conociendo a hombres australianos tan guapos como Mel Gibson y Russell Crowe...

Los ojos de Claire se llenaron de lágrimas otra vez.

—Soy un desastre. Yo, Claire Kimberley Spencer.

Con las manos temblorosas y canturreando tanto para la niña como para sí misma, consiguió quitarle el pañal sucio.

—¿Más caquita, cielo?

Después de limpiarle el culito, le puso la pomada, pero Samantha no dejaba de llorar. ¿Cómo podía llorar tanto? ¿Y cómo podía tener tanta fuerza? A ese paso estaría gateando a los cuatro meses y caminando a los ocho. Y entonces cuidado. Enseguida empezaría a darse golpes contra los muebles, habría que tener cuidado con la escalera…

—Ay, Dios.

Claire envidiaba la libertad de Darcie y odiaba a los hombres. Especialmente a su marido en aquel momento. El instigador de todos los males.

—¿Qué pasa aquí?

Como si lo hubiera conjurado, Peter apareció en la habitación, en pijama y pasándose una mano por el pelo alborotado.

—¿Tú qué crees? Con una niña recién nacida en casa…

—Bueno, bueno, no te pongas así.

Un segundo después, Peter estaba despierto como un bombero de servicio, observando a su hija con adoración. Claire volvió la cara. Le daba rabia que mirase así a Samantha y no a ella.

«Ahora me he vuelto celosa», pensó.

Peter se inclinó para darle un beso a la niña en la barriguita.

—Vas a conseguir un récord, pequeñaja. Mantener a tu madre despierta todas las noches.

—Qué risa —murmuró Claire.

Samantha miraba a su padre con la misma adoración en sus ojitos azules.

—Está loca por mí.

—Es la primera niña en la historia del universo que no quiere a su madre —gimió Claire—. Pensé que no sonreían hasta los seis meses.

Peter tomó a la niña en brazos como un experto y ella recordó que, unos minutos antes, había estado a punto de dejarla caer.

—¿Cómo lo haces?

Su marido colocó a Samantha en la cuna y Claire lo observó con las manos en las caderas. Pura celulitis.

—Práctica.

—¿Práctica? Pero si estás todo el día trabajando. Llegas a casa, la tomas en brazos un momento y te pones a ver la televisión. Mientras yo estoy aquí todo el día rodeada de pañales y dándole de mamar cada tres horas.

Peter miró sus pechos y su mirada se oscureció.

—Me gusta cuando dices esas cosas.

—Me voy —dijo ella.

—Claire...

—Me estaba preguntando cómo voy a ir a trabajar si sólo duermo media hora al día. Y me pregunto cómo voy a darle de mamar cada mañana... Peter, no soy una buena madre.

—Estás cansada, cariño —bostezó él—. Más cansada que yo.

Claire entró en el dormitorio para que su marido no la viese llorar. Samantha era la niña más perfecta y más adorable del mundo. Era parte de Peter, parte de ella, pero no había imaginado que criarla sería tan difícil.

—Quizá deberíamos contratar una niñera.

Alquilar un local adecuado para la primera tienda de Wunderthings en Sidney era tan difícil como encontrar un hombre decente. Sin embargo, Darcie no pensaba rendirse y el jueves por la tarde subía la cuesta de la calle King hasta la entrada del edificio Reina Victoria.

—Esto no va a funcionar —se quejó Walt, respirando con dificultad—. La mujer de la inmobiliaria debe de estar loca.

—No, está perfectamente cuerda. Por eso ahora mismo no está subiendo esta cuesta, sino sentada en su despacho.

—Eso es verdad. Ella sabe que esto es absurdo.

—Bueno, ya veremos.

Walt llevaba todo el día protestando y a Darcie le hubiera gustado replicar como se merecía, pero no podía hacerlo porque era su jefe.

Y tampoco podía contarle lo que hacía por las noches con Dylan porque a Walt no parecía hacerle ninguna gracia.

Cuando entraron en los grandes almacenes tuvieron que abrirse paso entre un montón de gente. Mujeres bien vestidas, hombres con traje y corbata...

—¿Lo ves? Ejecutivos, mujeres profesionales, mamás de clase media alta... Tenemos que encontrar un sitio aquí. Esta gente no busca rebajas, quieren calidad y estilo.

—Ya —murmuró Walt—. No sé, podrías tener razón.

—Estos hombres comprarían conjuntos de ropa interior de buena calidad, tangas, braguitas de encaje, corsés, ligueros de seda...

—No hace falta que saques el megáfono —la interrumpió su jefe, mirando alrededor.

—A veces me pregunto por qué aceptaste un trabajo en una empresa de lencería.

Walt era un mojigato.

—¿Dónde has dicho que está el local?

—En el segundo piso. Justo en el centro, perfecto.

—Para Victoria's Secret, puede.

—Somos jóvenes, tenemos entusiasmo, estamos llenos de energía... ¡somos Wunderthings!

—Jesús... —murmuró Walt.

Pasaron por delante de tiendas de ropa de diseño, joyerías y perfumerías exclusivas. Los suelos eran de madera, las tiendas tenían escaparates innovadores...

—Este edificio es precioso. Yo creo que nos iría de maravilla.

—Debería haber traído a Greta Hinckley.

Darcie sonrió.

—Greta te habría convencido para alquilar un local al lado de una tiendecita de vaqueros y tú te habrías desesperado durante tres años, hasta que expirase el contrato de alquiler.

Cuando llegaron al segundo piso, Darcie contuvo el aliento. La tienda estaba justo en el centro, frente a los ascensores. Con dos escaparates grandes, una entrada invitadora...

—Vamos a echar un vistazo.

Cinco minutos después, Walt estaba convencido.

—Podemos intentar que nos rebajen el alquiler —sonrió Darcie, mirando alrededor—. Con un par de retoques sería perfecta. Absolutamente perfecta.

—Ya veremos. A los del Ayuntamiento no les hacía ninguna gracia.

—No hay otra tienda de ropa interior como la nuestra. Los australianos comprarán Wunderthings a sacos... —en ese momento Darcie vio a una mujer mirando hacia el interior del local y sacó una tarjeta del bolso—. Tome. Y, por favor, pase por aquí cuando abramos.

—Gracias.

—Aún no hemos discutido el precio, Darcie —protestó Walt.

—Detalles, detalles. Estamos entre una joyería y una tienda de ropa italiana. No podemos fallar. Y abajo hay un supermercado gourmet. ¿Qué más podemos pedir?

—Unos cuantos millones de dólares en la cuenta corriente.

—Qué mezquino eres.

La mujer de la inmobiliaria apareció entonces con una sonrisa en los labios. Sabía cómo reaccionaría Darcie al ver el local.

—Maravilloso, ¿verdad?

—Nos lo quedamos —dijo Darcie.

—Un momento... —empezó a protestar Walt.

—Sabes que tengo razón.

Walter se acercó para hablarle al oído.

—¿Qué te hace ese australiano por las noches? Te recuerdo que aquí el jefe soy yo.

—Tú eres el jefe —sonrió Darcie, pestañeando coquetamente—. Y ahora, por favor, habla con esa señora tan simpática.

—¿Cómo se compran las ovejas? —preguntó Darcie el lunes siguiente, mientras paseaba de la mano con Dylan.

Era el día de la fiesta nacional y había gente por todas partes. Desfiles, puestos de comida en las calles… Desde luego, los australianos sabían celebrar sus fiestas.

—No es como comprar un biquini —sonrió él.

—No, ya me imagino.

El rancho de ovejas de Dylan la fascinaba. No se podía imaginar a sí misma viviendo en medio de ninguna parte, pero el negocio la impresionaba. Como su presencia en Sidney, donde había ido a comprar un semental, por lo visto.

—Necesitas un macho de cría para la manada, ¿no?

—Rebaño. Con las ovejas se usa la palabra rebaño —rió Dylan.

—¿Y es un rancho como los de las películas?

—Más o menos.

—¿Y tenéis peleas a tiros, como en el viejo Oeste?

—¿De dónde has sacado eso?

Darcie se llevó una mano a la frente.

—De aquí.

Dylan le apartó un mechón de pelo, sonriendo.

—Tienes una cabeza muy peligrosa, cariño.

—Es un sitio muy activo. Creativo. Mi madre solía decir eso… y no era un halago.

—No sé qué te pasa con tu madre.

Territorio peligroso. Darcie no quería hablar de ese tema.

—Vamos a celebrar este día y dejemos a nuestras madres en casa.

Dylan no protestó. De la mano, se acercaron al catamarán que hacía la visita por el puerto. Brillaba el sol, una suave brisa movía su pelo y Darcie quería disfrutar hasta el final.

Era su última día en Sidney, pero no pensaban hablar de ello. Dylan la había llevado a una tienda de artesanía aborigen, como si tuvieran todo el tiempo del mundo, pero al día siguiente Walt y ella estarían en un avión de camino a Nueva York y Dylan Rafferty sería parte del pasado. No había forma de evitarlo.

—¿Qué he dicho? Has arrugado el ceño.

—No, nada. Estaba... pensando en las ovejas.

—¿Estás cansada? Podemos volver al hotel, si quieres.

¿A su habitación? Dylan siempre parecía tener ganas de volver al hotel. A Darcie le apetecía pasar el día en su cama, pero quizá no volvería nunca a Australia y... no, lo mejor era dar un paseo en barco.

Cuando pasaron por delante del famoso edificio de la Ópera, apenas se fijó, perdida como estaba en sus pensamientos ¿Y si pudiera quedarse en Australia durante un tiempo? Para supervisar la nueva tienda Wunderthings, para controlar a los obreros, para poner su propio sello en los escaparates...

Pensativa, observó cómo la brisa movía el pelo oscuro de Dylan, su sonrisa... Quería tocarlo, estar cerca de él. Como si hubiera leído sus pensamientos, Dylan pasó un brazo por sus hombros.

—Mira.

Con la barbilla, señaló el edificio de la Ópera y Darcie lo miró, emocionada.

Uno de los edificios más famosos del mundo, al principio la había decepcionado. A distancia parecía más pequeño, no tan impresionante y, en lugar de blanco, parecía gris. Pero de cerca, con sus famosos tejados en forma de vela, el efecto hizo que sus ojos se llenaran de lágrimas.

—Es inmenso.

—Toneladas y toneladas de cemento, de acero… sigue mirando.

Con la luz del sol, los tejados en forma de vela cambiaban de color; iban del gris al beige, luego crema y después un blanco reluciente. En unos segundos había cambiado por completo. Era hermosísimo y al verlo se le encogió el corazón.

¿Por qué? Supuestamente, sus hormonas se habían calmado unos días antes.

—Precioso —susurró, enterrando la cara en el cuello de Dylan.

Ojalá hubiera llevado una cámara, pensó, pero tendría que conformarse con las postales. Como con los recuerdos de Dylan Rafferty.

—¿Qué quieres hacer?

—Comer.

—¿Y luego?

—Luego veremos los fuegos artificiales —sonrió Darcie.

—Como tú quieras —sonrió Dylan, besándola de nuevo.

Por la tarde disfrutaron de la playa. La mayoría de las australianas tomaban el sol sin la parte de arriba del biquini, algo que encantaría a su abuela. Dylan le había dicho «tienes unos pechos muy bonitos», pero allí había muchos pechos. Demasiados.

Por comparación, Darcie sentía que sus pechos eran pequeños, diminutos. Barbie diminuta.

—Quítate la parte de arriba —murmuró Dylan.

—¡No!

—¿Por qué?

—No, es que… en Nueva York no hacemos eso.

¿Y en Cincinnati? Ja. Su madre, su padre, se morirían si supieran que se había quitado la parte de arriba del biquini.

—Gallina —le espetó Dylan.

—Oveja —replicó ella—. ¿Crees que debería hacer lo que hace el rebaño? Cuando vea a los hombres quitarse el bañador, me lo pensaré.

—Creo que eres una cobarde —sonrió Dylan—. Pero sé que quieres hacerlo. Venga, atrévete.

—No.

Él dejó escapar un suspiro.

—¿Ves esa chica de ahí? Tiene los pechos más o menos como los tuyos, pero sus pezones…

Darcie le dio un golpe en la mano.

—¡Pervertido!

—Prefiero mirarte a ti. Prefiero... —Dylan se dejó caer en la toalla—. No quiero ni pensar que te vas mañana.

—No quiero que hablemos de eso.

—Ojalá no viviéramos tan lejos.

—Ojalá.

Darcie no quería pensar en el avión que la separaría de él. No podía soportarlo. Como si hubiera intuido su tristeza, Dylan se volvió, sonriente. —Sé cómo podrías hacer que me olvidase de todo. Su duro muslo rozaba el de Darcie, provocando escalofríos. Cerca de ellos, el tráfico del paseo marítimo, las terrazas llenas de gente, los ciclistas. No era un sitio como para hacer nada.

—Quítate la parte de arriba del biquini, por favor.

—Eres un hombre muy malo.

Como para probar que estaba en lo cierto, Dylan tiró de la cinta del biquini y, antes de que ella pudiera evitarlo, se lo quitó. Darcie intentó darse la vuelta, pero él se lo impidió. —¿Qué haces? ¿Estás loco? —Por favor... Y allí se quedó, medio desnuda bajo el sol y bajo la mirada de Dylan Rafferty. Y de la de cualquiera que pasara por allí. Si la viera su madre... Dylan puso una mano sobre sus pechos para cubrirlos y los pezones de Darcie se endurecieron.

La mirada del hombre se encendió. Sin decir nada, inclinó la cabeza... y se metió uno de los pezones en la boca.

Dios Santo, allí, delante de todo el mundo.

—¿Quieres que vayamos a un hotel? —le preguntó al oído. —No. No, no quería eso. Sólo quería que siguiera besándola, allí mismo, delante de todo el mundo. —No —repitió Darcie, mientras él seguía chupando, mientras sentía la erección del hombre rozando su vientre—. Yo... sigo esperando los fuegos artificiales.

—¿Qué tal? —preguntó Dylan por la noche.

—Bien —contestó Darcie.

Estaban en su cama, en la habitación, después de haber visto en el puerto un gran espectáculo de fuegos artificiales para celebrar el día de la fiesta nacional. Pero eso no era nada comparado con las manos de Dylan, con las caricias de Dylan.

«Tú te mereces lo mejor, Darcie», le había dicho Claire. Pero no sabía si podría contarle aquello a su amiga. Sí, ¿por qué no?, se dijo.

Debía darle las gracias a Walt. Apenas parpadeó cuando le pidió que la dejase libre el último día para estar con Dylan.

—No te muevas. Si te mueves, me correré enseguida.

¿Otra vez? ¿Los hombres no necesitaban

recuperarse? Después de ver los fuegos artificiales volvieron al hotel, parándose de vez en cuando para besarse y, más tarde, en la habitación, cayeron en la cama e hicieron el amor. Una, dos, tres veces.

—Me alegro de que seas tan fuerte.

—Sólo contigo.

Aunque no fuera verdad, esas palabras la enternecieron. Respirando profundamente, Dylan tomó su cara entre las manos.

—Te deseo tanto... no dejo de desearte, no dejo de imaginarte...

—¿Cómo?

—Cómo estarías —Dylan llevó la mano a su vientre— hinchada, con un niño creciendo dentro de ti, con la piel brillante, tus pezones más grandes, más oscuros, dando de mamar a un niño...

—Dylan —lo interrumpió Darcie.

—Serías tan dulce...

—No...

—Así deberías estar. Algún día.

Sólo era una fantasía. Inofensiva, sexy. Sólo era como aquellas dos semanas, un sueño.

Dylan seguía besándola; en el cuello, en los pechos, en los ojos, en la boca... hasta que Darcie estuvo sin aliento. Sin dejar de moverse dentro de ella, lentamente, despacio, y después más fuerte, casi con violencia.

Darcie enredó las piernas alrededor de su cintura, su corazón en el alma del hombre.

Hasta que pensó algo, algo que la golpeó en el pecho. ¿Y si para él era algo más que una fantasía?

—¿Te has puesto preservativo?

—Claro. ¿Quieres que me ponga otro?

Darcie no contestó. Cuando llegaron al clímax lo hicieron los dos a la vez.

—Podría hacerme adicta a esto —murmuró—. Nunca había tenido un orgasmo mutuo.

—No tiene por qué ser la última vez. Podrías quedarte.

—No, Dylan. No puedo —susurró Darcie, acariciando su cara—. Tengo un trabajo, tú tienes una granja.

—Un rancho.

—Tú vives en Australia, yo en Nueva York.

Él había dejado a su madre, viuda, en el rancho.

Pero la llamaba todos los días y Darcie intuía que debería haber vuelto ya. Tenía obligaciones, responsabilidades. Y ella también. Además, su actitud hacia el papel de las mujeres... la cocina, el dormitorio. Los niños. Si se quedaba unos días más, empezaría a sentirse tentada por los mismos valores de los que había intentado escapar toda su vida.

—Llámame —dijo él—. O te llamaré yo.

Darcie no podía responder en aquel momento. Se abrazaría a él durante toda la noche y después volvería a casa e intentaría recomponer el rompecabezas de su vida.

¿Por qué?, se preguntó a sí misma. ¿Por qué los hombres buenos siempre eran imposibles? De una forma u otra siempre había un hombre equivocado para Darcie Elizabeth Baxter.

Sería difícil decirle adiós.

De modo que no lo haría.

Cuando la luz empezó a filtrarse por la ventana que daba al puerto, Darcie no saltó de la cama para vomitar en el cuarto de baño como la primera noche. No. Cuando llegó el amanecer, se apartó, le dio un beso en la frente y, sobria, salió de la habitación.

Y dejó a Dylan Rafferty para siempre.

Capítulo seis

DARCIE estaba quedándose dormida cuando algo la golpeó en el estómago. Unas garras se clavaron en su carne a través del pijama Wunderthings, la prenda de mayor venta el año anterior, y se despertó lanzando maldiciones.

Baby Jane parpadeó en la oscuridad, mirándola con sus brillantes y fieros ojos verdes.

—Ni lo pienses.

Si esas garras se clavaban un poco más en su piel, abandonaría todo miramiento. Darcie se movió despacio, con cuidado. Intentando apartar al animal de su cama y de su vida si eso era posible, se sentó. Quería echar a Baby Jane sin tocarla, pero no tuvo suerte.

—Muy bien. Esto es la guerra.

Levantó a la gata y la dejó en el suelo sin miramientos. El animal la miró, amenazante.

—Vete de aquí.

No valió de nada.

Si volvía a meterse en la cama, Baby Jane se lanzaría sobre ella. De modo que se dirigió al baño, esperando que el animal perdiera interés. Pero cuando salió, Baby Jane se lanzó sobre ella de nuevo, aquella vez realmente furiosa.

Darcie lanzó un alarido. Por lo visto, le había pisado la cola sin querer. Un segundo después, su abuela entraba en la habitación.

—¿Qué ocurre, Baby Jane? Darcie, ¿por qué no estás dormida?

—Porque sufro jet lag. Es peor volar hacia el este que hacia el oeste.

Su abuela tomó a la gata en brazos, susurrándole palabras cariñosas al oído.

—¿Te ha hecho daño, cariño? Pobrecita mía.

—Abuela, esa gata está loca.

—Tonterías. Julio me dijo el otro día que no había conocido una gata como ella.

¿El conserje?

—Eso desde luego.

—Lo que quería decir es que es un cielo. Me alegro mucho de que estés en casa, pero espero que se te pase el mal humor. Lo antes posible.

—No estoy de mal humor. Pero este... este felino necesita un bozal.

—No seas boba. Baby Jane quiere a todo el mundo.

Darcie siguió a su abuela fuera de la habitación. Eden llevaba la gata en brazos y Baby Jane iba ronroneando tan fuerte que podría despertar a Claire, a Peter y a su hija, que vivían un piso más abajo.

—Ese animal debería aparecer en la secuela de *El Exorcista*. Debe de ser pariente suyo.

—De eso nada.

—¿Le has dado la espalda alguna vez?

—Baby Jane no le haría daño a nadie. Julio dice...

Darcie miró la mesilla, donde había un libro abierto.

—¿Cómo hacerle el amor a un hombre? De verdad, abuela. ¿Ahora te acuestas con él?

Eden se puso colorada.

—No hemos llegado tan lejos. Es hispano, ya sabes. De sangre caliente, pero un caballero. Una combinación deliciosa.

—¿Estás saliendo con él?

—De vez en cuando. Su turno de noche interfiere con nuestra vida social.

—Podrías bajar al vestíbulo y ayudarlo a abrir la puerta.

—¿Qué quieres decir con eso, Darcie? Ese comentario es tan grosero que supongo refleja tu propia falta de... satisfacción personal.

—No, me cae bien Julio. Parece muy agradable. Y es muy joven.

—Pues entonces no hagas juicios —suspiró su abuela, entrando en su dormitorio para dejar a Baby Jane sobre la cama y estirarse el *peignoir*. ¿De dónde lo habría sacado? Bergdorf Goodman, pensó Darcie. Alrededor de 1954.

—¿Sigue sin llamarte?

Darcie se hizo la inocente.

—¿Quién?

—Dylan Rafferty. Me encanta ese nombre. Fuerte, masculino, inspirador. Bueno, cuéntame, ¿cómo es?

—Interesante.

—¿Qué más?

—Sexy —sonrió Darcie, dejándose caer sobre la cama, lo suficientemente lejos de Baby Jane como para que no la arañase. Pero, como si también ella estuviera esperando que contase su historia, la gata le regaló una sonrisa digna del gato de Cheshire. Quizá podrían encontrar terreno común, después de todo.

—No te lo puedes imaginar, abuela. Nunca había sentido lo que sentía con él. Era como una droga... me imagino —Darcie no podría jurarlo por su hermana, pero ella nunca había experimentado con sustancias alucinógenas—. Tiene los ojos oscuros, una sonrisa de cine, una boca...

—¿Besa bien?

—Entre otras cosas, sí.

—Qué suerte.

Darcie contuvo una ola de deseo y de angustia.

No debería haberle contado nada, no debería pensar en él. En los días que llevaba en Nueva York, Dylan no había llamado. No podía dormir y empezaba a estar de continuo mal humor. Pero no lamentaba haber dejado a Dylan en la cama, sin despedirse. Eso era mejor que un largo adiós que no podría olvidar. Pero...

—Cuéntame otra vez lo del Akubra.

—¿En el ascensor o en la habitación?

—Las dos.

Cuando Darcie terminó de contar la historia, se estaban riendo. Incluso Baby Jane parecía haberse divertido con un relato que, sin embargo, a Darcie la llenaba de desesperación.

—Creo que deberías llamarlo —dijo su abuela—. Seguramente se sentirá herido... incluso furioso cuando despertó y vio que te habías ido sin decir una palabra. ¿Cómo pudiste hacer eso, Darcie?

—Era mejor así.

O eso se decía a sí misma.

—Todas las relaciones requieren compromiso. Mira a Julio y a mí. Ese hombre me tiene loca, como a ti el tuyo, porque no puedo soportar la idea de quedarme dormida en una cama calentita mientras el pobre está de pie en el vestíbulo, el viento soplando sobre su librea cada vez que abre la puerta... ¿Qué hay de malo en llamar a Dylan para hablar de vuestra situación?

—Dylan es muy testarudo.

—Tu abuelo también lo era, pero vivimos juntos durante cuarenta y cinco años. Bueno, cuarenta y seis si cuentas el pisito que compartimos antes de casarnos.

—¿El abuelo y tú vivisteis juntos antes de casaros?

—¿Y por qué no? No podíamos dejar de tocarnos. Y tengo la impresión de que ese australiano y tú teníais el mismo problema.

—No pienso pasar mi vida con un hombre que piensa que el sitio de una mujer está en su casa, rodeada de niños.

—Él no te dijo eso. No me lo creo.

—No exactamente, pero eso era lo que quería decir.

«Con los pezones grandes, oscuros...».

—Pues yo me imagino situaciones peores.

Darcie apartó una pelusa inexistente del edredón, como si quisiera apartar de su vida a Dylan Rafferty.

—Él no te ha llamado y tú no lo has llamado. Una pena.

—Es lo mejor, abuela. De verdad —insistió Darcie, al ver que Eden levantaba una ceja.

—Dos cabezotas durmiendo separados.

—Así es la vida en este milenio. ¿No te habías enterado?

Entonces, ¿por qué esa idea le encogía el corazón?

Darcie se levantó de la cama. Tenía que concentrarse en su trabajo, en su nueva tienda.

—Mañana tengo que trabajar. Walt va a presentar el contrato de la tienda al consejo de administración y tengo que llegar muy temprano a la oficina.

Y luego estaba Greta Hinckley, que en ausencia de Darcie habría jurado venganza.

—Yo que tú convencería a Walter Corwin de que Darcie Elizabeth Baxter es la única persona que puede dirigir la apertura de la tienda en Australia. Donde vive Dylan Rafferty. No sé si me entiendes...

—Vive en un rancho, abuela, lejos de todo.

Antes de salir de la habitación, Darcie miró el teléfono, resignada.

—Prefiero vivir aquí. Mirando el cielo de Nueva York —se dijo a sí misma.

Veinticuatro horas después estaba frente a su escritorio en las oficinas de Wunderthings, intentando no saltar de alegría. Aleluya.

—¿Por qué no me lo has contado esta mañana? —le preguntó a Walt.

—Porque el consejo se reunió a las cuatro.

—Son las siete y media, Walt.

Y el teléfono no había sonado en una hora. Raro porque llevaba todo el día recibiendo extrañas llamadas: llamaban y colgaban sin decir nada. Convencida de que podría ser Dylan, Darcie intentaba contener los latidos de su corazón.

Walt Corwin se sentó en la esquina del escritorio.

—La reunión acabó a las cinco y cuarto.

—Me pareció ver un montón de trajes de chaqueta dirigiéndose al ascensor. Entonces, ¿ya está?

Wunderthings en Australia era un hecho. Y el proyecto había sido aprobado por el consejo.

—Ya está.

—¿Y eso qué significa para mí?

Recordaba el consejo de su abuela de hacerse imprescindible para que tuviesen que enviarla a Australia, con Dylan Rafferty. Con quien ella no quería mantener una relación.

Pero sí quería el trabajo. Darcie nunca

llegaba a la oficina sin esperar una carta de despido:

Es usted historia, señorita Baxter. Ya no la necesitamos. Vaya directamente a la oficina del paro.

Esa era una de las razones por las que se había quedado hasta tan tarde.

—Podemos dirigir el proyecto de Sidney desde aquí —contestó su jefe.

A Darcie se le encogió el corazón. Aunque tampoco estaba deseando volver a Australia para buscar a Dylan Rafferty. Pero su gozo en un pozo.

—¿Tú crees?

—No tenemos un gran presupuesto, así que habrá que hacerlo por teléfono y por correo electrónico.

—Walt, no podemos dirigir la tienda por correo. Ya sabes que siempre hay cosas que solucionar... esa tienda marcará el tono para nuestro proyecto en el Pacífico.

—¿Ah, sí? ¿No me digas?

—Ya sé que tú también lo sabes. Lo que quería decir...

—Lo que querías decir es: «envíame a Sidney en el primer avión». ¿Crees que no me he dado cuenta de que vienes a la oficina tarde y con cara de pena?

—Es que todavía tengo jet lag.

—Yo también. Pero llego a mi hora.

—¿Greta ha vuelto a hablar mal de mí?

Walt hizo un gesto con la mano.

—Digamos que ha notado lo mismo que yo. Ha oído los rumores sobre tu pequeña aventura en el Westin, así que, por el momento, nos limitaremos a dirigir la tienda por teléfono y por correo. Si alguien va a Sidney, seré yo.

—Ya veo.

—Y ten cuidado. Greta anda a la caza. Nancy está tan enfadada que se ha ido a casa llorando.

—Lo que Greta necesita es un buen polvo —replicó Darcie, sin pensar—. Si tuviera vida propia dejaría en paz a los demás. Quizá deberías invitarla a cenar, Walt. ¿O es que no has oído los cotilleos? Por lo visto, está loca por ti.

Walt se puso pálido.

—¿Greta Hinckley?

—Esa misma.

—Por favor… pero si es una hiena.

—Felicidades —sonrió Darcie—. Por el proyecto de Sidney.

—Fue idea tuya.

—Entonces, felicidades para mí también.

Walter se despidió con un gesto.

—El lunes espero más ideas.

Cuando su jefe se alejó por el pasillo,

Darcie se dio cuenta de algo: el único que sabía de su aventura con Dylan Rafferty en Sidney era él. De modo que había sido él quien extendió los rumores por la oficina.

—¿Te lo puedes creer?

Aún furiosa por la indiscreción de su jefe, Darcie golpeó la pared del ascensor. No podía confiar en nadie, especialmente en Walter Corwin. En cuanto a Greta...

A las ocho de la tarde el vestíbulo estaba desierto. Incluso el guardia de seguridad había dejado su puesto, probablemente para dar su paseo rutinario por las oficinas.

Pero sí vio a un hombre apoyado en la pared, al lado de la puerta giratoria. Y, por un momento, deseó que fuera Dylan Rafferty. ¿Sería posible que la hubiera seguido hasta Nueva York? ¿Estaría tan enamorado después de dos semanas que tuvo que ir buscarla? Imaginó a las ovejas abandonadas, a su madre despidiéndolo con lágrimas en los ojos... Espero que merezca la pena, Dylan, le diría.

«Claro que merezco la pena».

Seguramente Dylan Rafferty no era el hombre de su vida pero le encantaría volver a verlo. Además, como no podía dormir, no estaría mal pasar las horas entre las sábanas con su australiano. Darcie dio un paso más y vio que el hombre no llevaba un sombrero Akubra.

Y se estaba pasando la mano por el pelo... rubio.

Merrick Lowell.

Antes de descubrir que era un canalla, su sonrisa hacía que le hirviera la sangre. Los lunes por la noche.

—¿Qué estás haciendo aquí?

—Llevo llamándote todo el día, pero... no sabía qué decirte. Bienvenida a casa, Darcie. De modo que no era Dylan quien había estado llamando.

—Vete al infierno.

—Pensé que después de tu viaje a Australia, te lo habrías pensado mejor. Darcie pasó a su lado sin decir una palabra.

—Darcie, por favor... —¿Qué? ¿Qué quieres, que me olvide de Jacqueline y los dos niños? ¿Que haga como que nunca me encontré contigo en esa tienda de juguetes?

—Olvídate de Jacqueline.

—Seguro que a tu mujer le encantaría oír eso.

—Estamos separados. Darcie se quedó mirándolo, atónita.

—Separados. Supongo que te refieres a esta noche. ¿Ha tenido que llevar a tu hija a la clase de ballet?

¿Ha tenido que ir a buscar a tu hijo a clase de karate?

—Está en casa de sus padres, en Greenwich.

—Ah.

—Permanentemente. Ahora mismo, yo tengo a los niños durante los fines de semana. Aún no hemos negociado la custodia... «Negociaremos», había dicho Dylan. Y eso se convirtió en una broma sexy entre los dos. Darcie casi odiaba a Merrick por robarle el recuerdo de Dylan. Por no ser él.

—Pues tendrás que vender muchos fondos de inversión para pagar los gastos. Ten eso en mente la próxima vez que busques una novia. Y espero que tus clientes cooperen. Ahora mismo, el mercado no está en muy buena forma...

Suspirando —qué difíciles son las mujeres, parecía decir— Merrick la siguió hasta la calle.

Luces de neon, el ruido del tráfico, miles de personas paseando por la Sexta Avenida, el río... a Darcie le encantaban esos olores, pero en aquel momento no la consolaban.

—Toma una copa conmigo.

—No puedo.

—Entonces, vamos a cenar juntos.

—Ahora mismo no podría probar bocado.

—Por favor —insistió Merrick—. Sé que fui un gilipollas. Un imbécil integral. Pero te he echado tanto de menos... ¿no puedes darme otra oportunidad?

Unas semanas antes, Darcie podría haberse sentido tentada. Echaba de menos sus lunes por la noche, la sonrisa de Merrick, sus ojos azules, su pelo rubio. Pero ya no le gustaba nada su acento de Yale, ni sus trajes de chaqueta, ni su familia...

Y luego estaba Dylan.

—He conocido a un hombre en Australia. No creo que puedas compararte con él.

—Ahora estás aquí —dijo él, con las manos en los bolsillos del abrigo—. Y yo también. Deja que lo intente.

Capítulo siete

—ASOMBROSO. Merrick Lowell rogándome que le dé otra oportunidad.

En el ferry que cruzaba el Hudson, Darcie cerró los ojos y visualizó el barco cortando el agua oscura. Eso no la calmó. Soñaba con Australia, pensaba en Merrick, en Dylan...

Dylan, que no la había llamado. Entonces miró las luces al otro lado del río. ¿La llamaban? ¿O le recordaban que ella era Darcie Elizabeth Baxter, una chica soltera que vivía con su abuela?

Cuando llegó a casa, Dylan parecía más parte del pasado que nunca.

—¿No era eso lo que querías, Baxter?

Noticia: después de Dylan y de Merrick, no sabía lo que quería.

Cuando abrió la puerta del dúplex encontró a su abuela en el sofá con Julio, el conserje. Estaban brindando con champán, como dos recién casados. Los ojos de Julio brillaban de deseo, pero al verla se apartaron.

—¿Quieres cenar, cariño? Debes estar muerta de hambre.

Con su típico radar, Eden descubrió inmediatamente que: a) Julio y ella ya no estaban solos y b) que a su nieta le pasaba algo.

—No tengo hambre, abuela.

—He hecho asado con zanahorias y patatitas francesas. Y las cebollas son pequeñas, como a ti te gustan.

—Hola, Julio —lo saludó Darcie—. ¿Hoy tiene el día libre?

—Sí.

—Mi abuela es una gran cocinera, ¿verdad?

—Muy buena, señorita Darcie.

El conserje llevaba vaqueros, un polo verde y el pelo oscuro echado hacia atrás con gomina, como un típico latin lover.

—¿Está usted bien?

—No.

—¿Qué te pasa, cariño? —preguntó Eden, poniéndole una mano en la frente.

—No tengo fiebre, abuela —dijo Darcie—. Es que me he encontrado con Merrick.

Eden la miró, alarmada.

—Espero que no haya entrado en el edificio. Lo echaría a la calle... esperando que le pasara un taxi por encima.

—¿Es un hombre malo? —preguntó Julio.

—Malísimo. No es un caballero como tú, corazón. Merrick Lowell le rompió el corazón a mi nieta y ahora tiene la cara de aparecer de nuevo en su vida. ¿Y qué quería?

Darcie dejó escapar un suspiro.

—Reconciliarse conmigo.

—Por eso llegas tarde. Estaba empezando a preocuparme —suspiró Eden. Aunque, aparentemente, no tanto como para dejar de brindar con Julio, pensó Darcie—. Espero que no...

—No, he venido directamente a casa. Quería invitarme a cenar.

—Quería meterte en su cama otra vez. Estoy por llamar a su mujer...

—Dice que se ha separado, pero no sé si creerlo.

—Es un mentiroso. Tu abuelo Harold le habría pegado un tiro. O, al menos, habría manipulado su cartera de clientes para dejarlo en la calle. Aunque yo hubiera preferido unos cuantos perdigones en el culo.

Darcie soltó una carcajada.

—Gracias, abuela. Agradezco tu apoyo.

—Ahora que Harold ya no está con nosotros, puedo ofrecerte la ayuda de Julio.

—Haré lo que me pidas —dijo el hombre.

Eden sonrió, complacida.

—Eso ya lo veremos más tarde. Por el momento, ayúdame a convencer a Darcie para que coma un poco de asado. ¿Qué voy a hacer con las sobras?

—Servirlas al día siguiente, como siempre —sonrió su nieta.

—Prefiero que te lo comas esta noche. Estás muy delgada. Mírate, tienes una cara de cansancio… y ahora Merrick. Por no hablar de Dylan Rafferty.

—Nunca se está demasiado delgada.

—Tonterías. No quiero problemas alimenticios en mi casa. Siéntate, voy por un plato.

—Abuela…

—No te oigo —la interrumpió Eden, moviendo exageradamente las caderas mientras iba a la cocina—. ¿Quieres vino?

—Sí, gracias.

Darcie no dejaba de ver el dolor en los ojos azules de Merrick. El flequillo rubio cayendo sobre sus ojos, como cuando estaban en la cama…

—Acepta mi consejo, cariño —dijo Eden desde la cocina—. La próxima vez que veas a Merrick, dale una patada en el trasero.

Darcie asintió. En realidad, no dejaba de pensar en Dylan y en el teléfono, que no había sonado.

Y en su abuela que, en cuanto ella se fuera a la cama, se lanzaría sobre Julio como un marine en las playas de Iwo Jima.

¿Latin lover?

El mundo no era perfecto.

Y quizá Merrick no era un canalla.

—Quizá debería darle otra oportunidad.

—¿Darle otra oportunidad? Hasta la maligna gata de Eden tiene sólo siete vidas.

Claire Spencer hablaba en voz baja para no despertar a la niña. Samantha había dormido bien la noche anterior y tenía la esperanza de que volviera a hacerlo aquella noche.

Pero no confiaba en Tildy Lewis, la nueva niñera.

—Está acostumbrándose al trabajo —dijo Peter, tumbado en la cama—. Es muy joven.

—Y Samantha también. Necesitamos una niñera experimentada, cariño. El primer día dejó a la niña con el pañal sucio durante horas.

—Sí, lo sé. Y al día siguiente la leche estaba demasiado caliente… pero no pasó nada. Tildy tuvo suficiente cabeza como para dejar que se enfriara.

—Seguramente para entonces ya no tenía valor nutricional.

Aquel día había llegado temprano a casa y encontró a la niñera viendo la televisión. Uno de esos programas en los que la gente acusa a sus ex maridos de maltrato o algo parecido.

—No sé si llamar a la agencia…

—¿Y volver a entrevistar a un montón de candidatas? Samantha es demasiado joven para quedar traumatizada por un programa de televisión, Claire. Por favor, cariño…

—¿Por qué te gusta tanto? —preguntó ella, suspicaz.

—¿Samantha?

—No, Tildy.

Claire debía admitir que era una chica atractiva. Un poco rellenita y con muy mal gusto para la ropa, pero tenía unos preciosos ojos verdes.

—No me digas que no te has dado cuenta.

—¿De qué?

—De que es… mona. —Sí, supongo que sí. Pero un poco infantil para mí —sonrió Peter.

Deseando que Tildy fuera Mary Poppins… o la señora Doubtfire, Claire intentó relajarse. Habían podido cenar tranquilamente por primera vez en mucho tiempo, todo estaba limpio y Samantha dormía plácidamente.

—¿Por eso estás tan enfadada?

—¿Eh?

—¿Crees que me gusta Tildy? —preguntó Peter—. ¿Qué pasa, Claire? ¿Tienes demasiado trabajo en la oficina?

Ella contuvo un gemido. Tenía un montón de informes en su despacho, cientos de emails que contestar y cada noche volvía a casa para encontrarse con alguno de los desastres de Tildy.

—Últimamente me preocupa todo.

—Lo sé. Ven aquí, cielo —dijo su marido, golpeando el edredón—. Deja que te refresque la memoria sobre nuestro matrimonio…

—¿Qué parte?

—La parte del sexo.

Claire se asustó.

—Peter, ahora no es buen momento.

—¿Por qué? No tienes el periodo, ¿verdad? Pensé que mientras dabas de mamar a Samantha…

—No, claro que no tengo el periodo.

Y tampoco tenía mucha leche. Su cuerpo estaba hecho un lío, como su vida. ¿Qué había sido de sus horarios, de su ordenada vida, de las ganas de hacer el amor con su marido?

—¿Te duele la cabeza?

—Nunca me duele la cabeza.

—Cuando no quieren tener relaciones, las mujeres suelen argüir que les duele la cabeza. Cuando te duela sabré que has pasado a formar parte de ese grupo… y que ya no tengo nada que hacer.

—No digas bobadas.

—También es una bobada obsesionarse

por Tildy —replicó Peter—. Estoy intentando ayudarte, Claire, pero nos estamos separando y no sé qué hacer.

Ella se dejó caer sobre la cama. No era fácil añadir otro ser humano a su vida, ni volver al trabajo, ni hacer el amor con su marido.

—No pasa nada, Peter.

Si una mujer había necesitado un mantra alguna vez, aquel era el momento.

Y también tenía que hablar con Darcie. No la había visto desde que volvió de Australia.

—Retuérceme el brazo y te contaré más cosas —sonrió Darcie.

—Eres muy cruel.

Claire y ella estaban en Phantasmagoria, su restaurante favorito. Situado en medio de la avenida Lexington, era famoso por sus ensaladas con vinagre balsámico y por los paninis que Darcie adoraba.

¿Qué había mejor que comer con una amiga que podía entenderte?

—En realidad, no hay mucho más que contar.

—Sí, qué risa. Tienes un brillo en los ojos... Así que es un vaquero. —Estilo australiano. Alto, de hombros anchos...

—Qué guapo. ¿Y te has pasado todo el

tiempo en la cama con él?

—El tiempo libre. También he trabajado mucho —contestó Darcie—. Pero el sexo era estupendo.

—Ah, qué envidia. Ojalá Peter y yo volviéramos a hacerlo como antes de que naciera Samantha.

—¿Estás intentando decirme algo? Claire estudió un trozo de beicon.

—La maternidad es algo mucho más complejo de lo que yo había esperado.

—Una vez leí en *Glamour*... ¿o fue en *Cosmopolitan*? que el sexo después de tener un hijo podía ser traumático para algunas mujeres. ¿Es eso?

—Peter y yo no mantenemos relaciones.

Darcie se quedó boquiabierta.

—No lo dirás en serio. Ese hombre, como Dylan, tiene doble cantidad de testosterona. Me dijiste que adoraba tus pechos...

Claire le hizo un gesto para que bajase la voz, aunque el restaurante estaba lleno de jóvenes demasiado preocupados con sus cosas como para prestarles atención.

—Anoche quería hacer el amor, pero no puedo, Darcie. No me parece... sexy. Sería un acto de cinismo. Hace seis semanas estaba en el paritorio hecha polvo, llena de sangre... ¿y ahora la idea de que Peter me la meta debe llenarme de alegría?

—Deberías hablar de esto con tu médico.

—¿Crees que estoy neurótica?

—Claro que no. Sólo que estás pasando un mal momento. —Es que no sé por qué. Estoy bien, estoy sana. Samantha incluso duerme bien por las noches... de vez en cuando.

—¿De verdad? —exclamó Darcie—. Tengo que ver a mi ahijada. Le he traído un regalo de Australia.

—¿Otro regalo? Está loca por tu cebra.

Eso le recordó a Merrick y la hizo fruncir el ceño.

—Debería haberla devuelto. Después de lo de Merrick...

—Ese hijo de puta.

—Cierto. ¿Te he contado que lo he visto?

—¿Cuándo?

Respirando profundamente, Darcie relató el encuentro en la puerta de Wunderthings.

—¿Y tuvo valor de pedirte que cenaras con él? Espero que le dijeses que no, espero que el guardia de seguridad lo echase a punta de pistola...

—No es para tanto —rió Darcie—. Parecía tan triste, Claire. De verdad creo que siente lo que ha pasado.

—Seguro que su mujer también. Podría estar mintiendo, ya sabes que eso se le da bien.

—¿Y si está diciendo la verdad?
—¿Qué quieres decir?
—Que Australia está muy lejos. No tiene sentido seguir pensando en Dylan.
—No estabas inventando todo eso del sombrero Akubra, lo de las noches de amor… ¿verdad?
—Soy una persona muy creativa, pero no tanto. No volveré a verlo, Claire. No le dejé mi número de teléfono y no ha intentado localizarme en Wunderthings. Además, tiene ideas muy anticuadas sobre las mujeres.
—A lo mejor lo decía de broma. A lo mejor esa es su forma de evitar los compromisos.
—Pues funciona muy bien.
—La mayoría de los hombres son unos trogloditas —suspiró Claire—. Incluso Peter. Su obsesión por el sexo, la negativa a cambiar los pañales de Sam…
—¿Qué tal con la niñera, por cierto?
—No me hagas hablar. Ayer Tildy llevó a Samantha al supermercado… y la dejó en el cochecito, en la puerta, durante «un minuto».
Darcie arrugó el ceño.
—No me lo puedo creer. Podrían habérsela llevado.
—No quiero ni pensarlo. Pero Peter dice que no fue para tanto.
—¿Que no fue para tanto?

—Mira, estoy decepcionada conmigo misma —suspiró Claire—. Debería saber llevar a la niña, mi trabajo, mi marido, Tildy… creo que estoy perdiendo la cabeza. Desde luego, he perdido la libido. La verdad, debería renunciar.

—Claire, Claire…

—Es que estoy fatal. Al principio pensé que Peter no me encontraría atractiva y ahora que no es así, me preocupa no tener ganas nunca más.

—Es una cuestión de hormonas, tonta. Esas cosas pasan.

—¿Ahora eres la voz de la experiencia?

—No, pero…

—Estoy hecha un asco. Tengo los pechos hinchados, huelo a leche materna y debo ponerme medio litro de colonia todas las mañanas para estar presentable.

Darcie no sabía qué decirle porque no tenía experiencia en esos asuntos, pero apretó su mano para darle ánimos.

—Bueno, ¿qué vas a hacer con Dylan Rafferty? —preguntó su amiga.

—Nada.

—¿Y con Merrick Lowell?

—Me lo estoy pensando.

—Te lo advierto, cielo: ese hombre es una serpiente.

—La serpiente de un solo ojo —rió

Darcie—. Lo oí en una película de los Monty Python.

—No está mal —rió Claire.

El lunes, la serpiente estaba esperando en la puerta de Wunderthings y aquella vez Darcie no se sorprendió tanto al verlo. Aunque Merrick estaba justamente al lado de los ascensores, no en la puerta, como por miedo a que se escapara.

—¿Habíamos quedado?

Merrick se irguió.

—Voy a invitarte a cenar.

La gente pasaba a su alrededor. Una secretaria del departamento de márketing miró a Merrick de arriba abajo y después le guiñó el ojo a Darcie. Si ella supiera…

—A una mujer le gusta que la inviten con educación, no que la secuestren.

—No me digas que me vaya —murmuró Merrick—. ¿Has tenido un mal día?

—Ni me hables.

Últimamente Greta Hinckley había cambiado de táctica e iba pegada a ella como una sombra malévola.

—Venga, debes tener hambre.

Merrick intentó darle un beso en la mejilla, pero Darcie se apartó.

—¿Hasta cuándo va a durar esto? —suspiró él.

—¿No pensarás que vamos a retomarlo donde lo dejamos? Me mentiste. ¿Crees que se me ha olvidado?

—Eres una mujer muy buena.

—Crees que soy fácil, ¿verdad?

—Creo que eres muy sexy. Y creo que esa es razón suficiente para que cenemos juntos. En Zoe sirven un lenguado excelente...

—¿En Soho?

—Sí.

—Eres malo —murmuró Darcie.

—Venga, iremos en taxi.

—Muy bien, invítame a cenar. Luego decidiré siquiero lanzarte una maldición. Merrick sonrió. Parecía convencido de que ella iba a caer en sus redes de nuevo. «Ten cuidado», se dijo a sí misma. Merrick Lowell no iba a cambiar. Los hombres no cambian, se dijo.

Se mantuvo en silencio hasta la segunda copa de vino. Zoe era el restaurante favorito de Merrick, no el suyo. A Darcie le gustaban la comida y el moderno servicio, pero aquella noche el ajetreo de los camareros empezaba a ponerla de los nervios. Un día con Greta era algo que podría volver loco a cualquiera. Preocupada además por Claire, Darcie jugaba con su copa.

—Háblame de tu separación.

Merrick hizo una mueca.

—Aquel sábado… cuando nos encontramos en la tienda de juguetes, mi hija le contó a Jacqueline que había hablado con una señora y… en fin, mi mujer se dio cuenta de que ocurría algo. Se lo habría dicho yo, pero… ya te dije que teníamos problemas.

—¿Por mi culpa?

—No. Nunca te había mencionado.

—No sé si sentirme halagada por tu discreción… o todo lo contrario. ¿Qué he sido para ti, Merrick, una aventurilla sin importancia?

—¿Eso es lo que crees que eres?

—Era. Merrick dejó escapar un suspiro.

—Intentaré explicártelo. Jackie y yo no estábamos hechos el uno para el otro. Nuestra familia, los amigos… en fin, nuestra boda fue el clásico evento social.

—Ya —murmuró Darcie. Ella tenía un armario lleno de horribles vestidos de dama de honor. Sus primas y sus amigas no hacían más que casarse, seguramente para sacarla de quicio. Por eso su película favorita era *Cuatro bodas y un funeral.*

—Fue un clásico. El vestido de Jackie costó diez mil dólares y la mitad de Greenwich se peleaba por conseguir invitación. Cuando subimos al coche para tomar el avión…

—Pobres niños —murmuró Darcie.

—… descubrimos que no nos queríamos.

Ni siquiera nos caíamos bien del todo. En la cama al principio nos iba bien…

—Con las luces apagadas.

—Jackie es una mujer guapísima. Y una buena persona. Pero no es la mujer de mi vida.

—Tú quieres algo diferente, ¿no? Una chica del sur, que se lo crea todo. Una ingenua que te mire con adoración, que te diga lo maravilloso que eres en la cama y jamás te pida explicaciones por nada —dijo Darcie entonces.

—Estás decidida a seguir enfadada, ¿verdad?

—Estoy decidida a que no me hagas más daño.

Merrick dejó escapar un suspiro.

—Nunca nos prometimos nada.

—Ese es otro problema.

—¿Qué quieres de mí? —preguntó él entonces, tomando el vaso de whisky—. ¿Matrimonio?

—No, a menos que quieras ser bígamo.

—Voy a divorciarme, Darcie. Jackie solicitó los papeles el lunes de la semana pasada.

—Me da pena por tus hijos, pero eso no tiene nada que ver conmigo.

—Entonces, tampoco tú estás preparada para un compromiso.

—Ahora mismo no, pero la posibilidad

me gusta. Algún día. Mira, tengo que irme —dijo Darcie entonces, levantándose—. Cuando arregles tu vida, llámame.

Merrick la tomó del brazo.

—Siéntate, por favor. No me hagas una escena. Ten corazón.

—Lo tenía, pero tú me lo rompiste.

—Ya, de acuerdo. No hablaremos más de Jackie. Pero has empezado tú.

Darcie volvió a sentarse y esperó a que el camarero se acercara a la mesa con el primer plato.

—Primero, Greta Hinckley y luego…

—¿Te está dando problemas otra vez?

Ah, de repente se convertía en su confesor. Darcie miró su plato. ¿Comer o salir corriendo?

—No me deja en paz. Y no confío en ella.

—Entiendo.

Merrick lo sabía todo sobre Greta porque Darcie se lo había contado durante sus encuentros.

—Hoy he salido temprano de la oficina porque Greta estaba ocupada con un proyecto y supongo que no tendrá tiempo de espiar.

—Me alegro. No me apetecía estar esperando hasta las siete.

Darcie se encogió de hombros.

—Está trabajando en un proyecto… una cosa muy rara. Medias para las mujeres con piernas delgadas.

Merrick soltó una carcajada y Darcie tuvo que sonreír.

—Ridículo, ¿verdad?

—Totalmente absurdo. ¿Qué ha dicho tu jefe?

—No lo sé. Mientras no me robe otra idea, me da igual lo que haga.

—A menos que tenga algún plan siniestro.

—Podría ser —murmuró ella, probando el lenguado. Era delicioso, con una salsa de limón y crema agria.

—Vuelve conmigo, cariño. Te necesito.

A Darcie se le cayó el tenedor y el ruido le sonó como una campana de alarma. «Sigue siendo una serpiente», pensó. ¿Merrick la necesitaba? Eso era nuevo… y ella necesitaba creer que había vida después de Sidney. Quizá debería perdonarlo.

Podría estar mintiendo otra vez y seguramente estaba siendo una ingenua, pero le gustaba que apretase su mano, que la mirase a los ojos.

De repente, Australia le parecía muy lejos.

—Muy bien —murmuró cuando él acercó la cara—. Un beso de amigos. Pero nada de sexo.

—Ya veremos.

Capítulo ocho

—HOLA, Matilda.

Al oír la voz ronca al otro lado del hilo se quedó helada.

—¿Dylan? —¿Quién si no? Darcie respiró profundamente. Oh, cielos. Había pensado que no la llamaría nunca. Por eso dejó que Merrick la besara la noche anterior. De repente, había pasado de no tener hombres a tener dos en su vida.

—Pensé que no llamarías.

—Es difícil llamar a alguien que no te deja su número de teléfono. Afortunadamente, sabía dónde trabajabas. Internet es una buena herramienta de búsqueda.

—¿Has encontrado este número en Internet?

—Así es.

—Pues debes haber tardado cinco minutos.

Silencio. No había intentado buscarla antes, evidentemente. —¿Por qué has cambiado de opinión?

—¿Recuerdas esas cosas que hacíamos... en mi habitación? —Dylan, estoy trabajando. No puedo hablar de esto ahora.

—Yo hablaré. Tú escucha. Darcie movió unos papeles, nerviosa. Greta se volvió para mirarla con sus ojos de ave rapaz. Había pronunciado el nombre de Dylan y seguro que ella lo había oído. Los rumores que corrían por la oficina, rumores que Walt había extendido, no se le habrían escapado a aquella hiena.

—No me están oyendo, ¿verdad?

—No. Pero si vas a decirme guarrerías...

—No. La verdad es que estaba muy cabreado contigo.

—Ya me lo imaginaba.

—¿Por qué saliste corriendo?

—Lo pasamos bien, Dylan. Fueron dos semanas estupendas, pero ya te dije que...

—Muy bien, dime que no quieres saber nada de mí.

—¿Cómo voy a decirte eso cuando yo estoy en Nueva York y tú estás en...?

—En el establo.

—Eres tan literal, Dylan. Ya sabes a qué me refiero.

—Aquí es medianoche y una de mis ovejas acaba de parir. ¿Sabes qué nombre le he puesto? Darcie II. Sorprendida, ella sonrió.

—Pues... gracias.

—De nada. Pensé que te haría ilusión.

—¿Cómo es Darcie II?

—Una oveja merina. Estupenda, por cierto.

—Podrías enviarme una fotografía por correo electrónico.

—Sí, podría. Quizá lo haga. Darcie sonrió. Una oveja con su nombre, eso sí que era una noticia.

—Tiene tus mismos ojos. Y tu misma determinación.

—Dylan...

—Me gustan mucho tus ojos. Y tu pelo. Y tu boca y tus...

Ella se aclaró la garganta. Walt Corwin acababa de aparecer al lado de su escritorio y Greta se levantó de un salto.

—Mi jefe está aquí. Tengo que colgar.

—Espera, dame el número de tu casa.

Darcie lo hizo, sin pensar, con el corazón acelerado. Dylan Rafferty la había llamado. Le había puesto su nombre a una oveja. Nadie había hecho eso por ella.

—¿Has mantenido sexo telefónico alguna vez?

—Tengo que colgar, Dylan.

—Esta noche —dijo él—. A menos que Darcie II me dé problemas. Si es así, hablaremos mañana.

—Muy bien. De acuerdo.

Era raro que prefiriese una seducción telefónica a una real. Pero lo pensaría más tarde.

—Baxter —la llamó Walt.

—Tengo que irme.

—No trabajes mucho.

Dylan colgó entonces y Darcie intuyó que estaba sonriendo.

—Te has puesto colorada —dijo Walt.

Darcie apartó la mirada. Greta Hinckley y él estaban al lado de su escritorio.

—Así que es verdad. Conociste a un australiano —le espetó Greta, como si fuera una acusación.

—Cuéntaselo tú, Walt —murmuró Darcie, irritada.

—Un tipo alto, de hombros anchos, con un... ¿cómo se llama? un sombrero de esos australianos.

—Un Akubra —dijo Darcie—. No te puedes ni imaginar lo que se puede hacer con un sombrero de esos.

Greta miró a Walt y sus ojos se dulcificaron.

—Soy una mujer muy imaginativa.

—¿Podemos hablar en mi despacho? —preguntó Walter entonces—. Necesito el informe del proyecto de Sidney.

Oh, cielos. Entre el jet lag, la aparición de Merrick y los sueños con Dylan, Darcie no había preparado nada por escrito.

—¿Quieres que vaya yo también, Walter?

—preguntó Greta—. Me gustaría discutir una idea...

—Ahórratela —murmuró Darcie. Competencia era lo último que necesitaba en aquel momento.

—Si Wunderthings pone en circulación mi diseño de medias y empieza la campaña de márketing, Walter podría enviarlas a Sidney.

—Con el problema de sobrepeso que hay en este país, yo que tú me pensaría lo de ese diseño.

Greta hizo una mueca.

—Hay muchas mujeres delgadas, perdona. En Hollywood sobre todo.

—Eso es anorexia, querida. Hablaremos más tarde si quieres. Walt me está esperando.

Con la llamada de Dylan todavía sonando en sus oídos, Darcie pasó por el despacho de Nancy Braddock, que estaba tomando café.

—¿Greta pisándote los talones otra vez?

Ella levantó los ojos al cielo.

—Esa mujer quiere chuparme la sangre —dijo, mientras cerraba la puerta para quedarse a solas con Walt.

—Nancy y tú podríais formar un grupo de vigilantes.

Walter lo decía de broma, ella no.

—¿No podrías encontrar un puesto para Greta en el departamento de márketing?

Las oficinas de ese departamento estaban

dos pisos más abajo y Darcie apenas veía a la gente que trabajaba allí. Sobre todo, porque odiaba ese departamento. Pero sería un buen sitio para Greta.

—Ojalá pudiera —suspiró Walt—. Esta mañana ha dejado un diseño rarísimo sobre mi mesa. Unas medias de no sé qué...

—Seguramente habrá leído todos tus informes. Y habrá buscado en tus cajones para encontrar algo con lo que chantajearte.

—Greta no hace eso.

—¿Ah, no? Eso y más. Esconde los condones, es un consejo.

Walt hizo una mueca.

—Pensé que Nancy lo decía de broma.

—A Greta le gustaría meterte mano —sonrió Darcie.

—No digas bobadas.

—No son bobadas —replicó Darcie, mirando alrededor. Un despacho, un despacho de verdad, como ella quería. Con un escritorio limpio, los informes ordenados...

—Me han llamado de Sidney. Los electricistas terminarán este fin de semana. Tenemos que ver dónde queremos los enchufes y enviar el plano por correo electrónico.

—He estado trabajando en eso.

—¿Ah, sí?

Darcie tenía que convencerlo de su competencia. Como fuese.

—El tiempo es dinero.

—¿Qué tienes? ¿Has hecho algún dibujo?

Walt parecía aliviado. Nada nuevo. En los cuatro años que llevaba trabajando para él —como Claire le había recordado varias veces— Darcie se había anticipado a sus deseos en muchas ocasiones. Trabajaba horas extra, repasaba sus informes, lo hacía quedar bien delante del consejo de administración. Le debía una, por lo menos.

Y esperaba poder asegurar su posición en Wunderthings, Sidney. Si jugaba bien sus cartas, podría volver a ver a Dylan, algo que empezaba a parecerle importante.

Darcie intentaba no pensar en él… pero seguía oyendo su voz, seguía viendo esos hombros anchos, esa espalda, esa sonrisa…

—Espera, me he dejado las notas en la mesa.

—Ya me las darás más tarde. Cuéntamelo por encima.

—Bueno… —Darcie se aclaró la garganta—. El local está situado en un barrio de clase media alta.

—Cuéntame algo que no sepa.

—Hay buenos hoteles alrededor, el puerto, restaurantes de cinco tenedores…

—Ve al grano, Darcie.

—Tenemos que hacer que las otras tiendas parezcan de rebajas por comparación. Tenemos que captar la atención de los clientes en cuanto suban a la segunda planta.

—Muy bien —asintió Walt.

—La atención de las mujeres y de los hombres. Mamás jóvenes, chicas solteras, recién casados, ejecutivas…

—¿Y qué más?

—Además del interior de la tienda, que debería ser muy sofisticado, necesitamos un escaparate innovador.

—¿Cómo de sofisticado y cómo de innovador?

—Como el de los diseñadores italianos. La tienda debe tener suelos de madera, alfombras persas… nada de perchas colgando, todo colocado en estanterías de nogal. Perfumaremos el interior… incluso podríamos desarrollar nuestra propio perfume.

—¿Dónde has estado? La primavera pasada lanzamos FloralMist.

Darcie arrugó la nariz.

—Demasiado juvenil. Poco sexy.

—A las clientes les gusta.

—Pero les gustará más la nueva. Podemos llamarla… no sé, ya se me ocurrirá algo. O pueden hacerlo en márketing, que para eso están. ¿Entiendes el concepto?

—Sería diferente del resto de nuestras tiendas.

—Eso es. Diferente porque está en otro continente. En Oriente, además. Hablamos de una cultura diferente, otro modo de vida... Podríamos usar maniquíes japoneses, por ejemplo. Algo exquisito, sensual...

—No sé si encontraremos maniquíes japoneses.

—Yo los encontraré. Y si no, podemos encargarlos. O quizá sería mejor maniquíes multiétnicos... ¿qué te parece? Orientales, arios, de raza negra... al fin y al cabo, Australia es un cajón de sastre, como este país.

Walt miró la fotografía de su mujer, tomada unos años antes. Ese tema era algo de lo que nunca hablaba. Y, a veces, incluso ella olvidaba que era viudo.

—¿Qué más?

Darcie no tenía ni idea. ¿El suicidio?

—Pues...

—No tienes el plan por escrito, ¿verdad?

—No, pero tengo una cabeza sobre los hombros.

—A las cinco quiero el informe en mi despacho. Y espero que sea genial.

—¿No te gusta lo que acabo de contarte?

—Me apasiona —dijo Walt.

Darcie salió de la oficina. Había olvidado a Greta Hinckley y a Merrick Lowell. Dylan Rafferty... bueno, con él hablaría por la noche.

Sexo telefónico. En realidad, no sonaba nada mal. —¡Soy un genio!

Darcie trabajó hasta muy tarde. Tomó el ferry para volver a casa, pero después no encontró taxi... una de las típicas tragedias de Nueva York. Nunca estaban cuando hacían falta. Cuando llegó al apartamento de su abuela era casi medianoche. Exhausta, no se percató de que Julio no estaba de guardia en la puerta y subió, bostezando, en el ascensor.

Había pasado una semana desde que volvió de Sidney. ¿Le gustarían a Walt sus ideas? Le llevó toda la tarde terminar el informe y tuvo que revisarlo de arriba abajo después de cenar...

Dylan.

Entonces recordó que Dylan iba a llamarla. Darcie entró en el apartamento a toda velocidad para mirar el contestador y lo primero que vio fue a Baby Jane mirándola desde el sofá.

—Buenas noches, gata loca.

El animal le mostró los dientes, como era su costumbre.

—Si es así como quieres jugar...

Llevaba días tratando al animal con delicadeza, pero no servía de nada. Baby Jane la odiaba a muerte. Ni siquiera le agradecía que le diese pavo de comida y, para demostrárselo, lo vomitaba sobre la alfombra.

—Me detestas, ¿verdad?

Su abuela apareció entonces al final de la escalera con expresión culpable. ¿Por qué esa expresión culpable?

—Ah, me había parecido oírte entrar.

Estaba colorada. Llevaba una bata de seda y un camisón de encaje negro...

—¿Tienes compañía?

—Eres muy mala.

—¿Yo?

—No vamos a molestarte —murmuró Eden, dándose la vuelta—. Toma un poco de tarta de coco. Está en la cocina. Ah, por cierto, tu australiano ha llamado. Darcie dejó escapar un suspiro. Seguramente pensaría que lo estaba evitando.

—¿Qué ha dicho?

—Que su ovejita está bien. —¿Yo? —No, creo que se refería a una oveja de verdad.

—Ah, Darcie II. —Tiene una voz preciosa, por cierto —sonrió su abuela. Ella asintió. Lo tenía todo precioso.

—Puede que vuelva a Sidney, abuela.

—Ya me lo imaginaba. Sin decir nada más, Eden desapareció en su habitación y poco después Darcie oyó un sonido que era... definitivamente su abuela estaba haciendo el amor con alguien. Con Julio seguramente.

—¿Julio?

—¿Sí? —oyó la voz del conserje desde dentro.

—Bienvenido al club.

—¡Eres muy mala! —gritó su abuela.

—¿Yo? —rió Darcie.

«Mi abuela», pensó. Más de ochenta años y ligando. Y ella, sola. Eso la hizo sentir un deseo de venganza casi como el de Greta Hinckley. —Yo no creo en la envidia —murmuró para sí misma.

No creía en la envidia, pero necesitaba dormir. Las tres últimas noches apenas había pegado ojo, pero ya no podía culpar al jet lag.

Habían pasado tres días y Dylan no volvió a llamar. Sin embargo, Darcie seguía esperando esa llamada. Mientras tanto, en la habitación de al lado ocurrían cosas... y empezaba a pensar seriamente en comprarse unos tapones para los oídos.

Quizá Dylan no volvería a llamar en absoluto. Y no podría culparlo. Después de dejarlo plantado en Sidney, tampoco estaba en casa cuando la llamó... Sería lo más normal.

No le iban bien las cosas con los hombres.

Con Merrick Lowell tampoco. Desde su separación de Jacqueline, cuando ya no tenían que verse a escondidas, no sabía qué hacer con él. Pero hablaban, se contaban cosas, era diferente.

En cuanto a Dylan... Darcie decidió dejar de pensar en él.

La verdad era que no había encontrado al hombre de su vida y no pensaba seguir mirando el teléfono como si fuera una adolescente. No tendría envidia de su abuela...

—¿Has vuelto a ver a Merrick? —le preguntó su hermana al día siguiente, por teléfono.

—Sí, pero no se lo digas a mamá.

—Mientras no te ponga un anillo en el dedo, seguirá pensando lo mismo.

—Annie, no digas una palabra, por favor.

—Bueno, como quieras. Pero tienes que decirle a mamá que vamos a vivir juntas en Nueva York.

—No te dejará vivir con la abuela.

—No, digo en un apartamento tú y yo solas.

—Mira, Annie, tengo mucho trabajo... de hecho, estoy frenética porque Walt quiere que termine un proyecto que cambia cada día. No tengo tiempo de buscar piso y, además, me gusta vivir con la abuela.

—Pero si se acuesta con el conserje... ¿No te molesta?

—No lo hacen todas las noches. Julio trabaja.

—¿Qué clase de vida es esa, hermanita? Tomando el ferry cada día…

—Me gusta tomar el ferry.

—Venga, lo pasaríamos bien en un apartamento las dos solas. Yo conseguiría un trabajo… y podríamos ir de fiesta todas las noches.

—No me apetece vivir en una hermandad.

Su hermana se había pasado toda la carrera de fiesta. Así le iba.

—Llevas demasiado tiempo viviendo con la abuela.

Darcie sonrió.

—La abuela es mucho más moderna que tú y que yo.

—Tienes que salir con gente joven, como yo, tienes que ligar más…

—Si dices eso en voz alta, mamá jamás te dejará salir de Cincinnati.

—Claro que sí. La tengo harta. Y a papá también. Sólo necesito que tú…

—¿Contribuya a que te vuelvas una delincuente? No podría, lo siento.

—No te molestaré, de verdad.

—Ya, claro. Sólo serás como un elefante en una cacharrería —suspiró Darcie—. No puedo hablar de esto ahora, Annie. Tengo que colgar.

—¿Has quedado con Merrick?

—No.

—¿Te va a llamar el australiano?

«Gracias por recordármelo».

—Lo dudo.

—Sexo telefónico —rió Annie, antes de colgar—. Qué cara tienes.

Darcie llegó a casa un par de horas después y se tumbó en la cama, esperando tontamente la llamada de Dylan.

Como si fuera Greta Hinckley. Sin vida social en absoluto.

Capítulo nueve

—¿VAS a salir con Merrick, querida? —preguntó su abuela.

—Te dejo sola con Julio.

—Preferiría que estuvieras en casa.

Ya empezaba. Como un recordatorio de que su relación con Merrick no iría a ninguna parte, Baby Jane le dio un arañazo en la pierna.

—¿Te ha invitado a cenar?

—Y al cine —contestó Darcie—. La semana pasada fuimos al teatro.

—¿A ver la función escolar de su hijo?

—No, fuimos a ver una obra en offoff Broadway. Pero he visto la foto de su hijo. Estaba muy gracioso disfrazado de rábano.

—¿Cómo se puede disfrazar nadie de rábano? —exclamó su abuela.

—Julio se viste de portero… y a ti parece gustarte mucho. Ese uniforme oscuro, las hombreras doradas…

—No digas tonterías —la interrumpió Eden, tocándose el pelo.

—Bueno, me voy. No volveré tarde.

—Ah, ¿un polvete rápido? Seguro que es un eyaculador precoz.

—¡Abuela!

—¿Te asusto?

—Sólo cada vez que abres la boca. ¿Qué diría mi madre si te oyese?

—Si sabe lo que es bueno para ella, no dirá nada. ¿Sabes cuántas veces me ha llamado esa mujer durante esta semana?

—Cuatro —suspiró Darcie.

—Diez. Anoche, tres veces. Julio y yo estábamos haciendo…

—Ya me lo imagino, abuela —la interrumpió Darcie—. ¿Qué quería mi madre?

—Me amenazó. Te lo digo en serio, yo creo que esa mujer tiene visión de rayos equis. Dijo que si no me enmendaba, se lo contaría a tu padre. Siempre he sabido que es una cotilla, pero era como si estuviera sentada en mi cama…

—Por favor, no me digas que va a meter a Annie en un avión.

—A juzgar por los gritos que oí al fondo, no. Tu hermana aún no ha ganado la batalla.

—No te gustaría que viviéramos las dos aquí, ¿verdad?

—No creo que Annie venga a Nueva York.

Darcie no sabía muy bien qué significaba eso. De modo que tomó su bolso y se dirigió hacia la puerta huyendo de las garras de

Baby Jane.

—¿Cuándo habrá terminado Merrick con los papeles del divorcio?

Darcie suspiró de nuevo. Su abuela parecía dispuesta a darle una charla.

—No lo hemos hablado.

—Pues deberías. Darcie, cariño, busca lo mejor, no te conformes con cualquier cosa.

—No voy a casarme con Merrick, abuela.

—Y él lo sabe.

«¿Qué quieres de mí?», le había preguntado. Después de separarse, no parecía tener ninguna intención de volver a pasar por el altar.

—Seguramente, no soportaría vivir con él.

—Estás perdiendo el tiempo.

—Pero si siempre has dicho que es muy guapo —replicó Darcie—. Y el día que te lo presenté lo mirabas con muy buenos ojos.

—Darcie Elizabeth Baxter, eso es absurdo. Le doblo la edad.

—Ya, ya. ¿Y Julio qué?

—Julio es mucho mayor que Merrick.

—¿Ah, sí?

—Julio tiene cuarenta y uno… cuarenta y dos años.

Su abuela mentía. El conserje no podía tener más de treinta y cinco.

—Abuela, tú tienes más de ochenta.

—Pero el amor no conoce fronteras.

—¿Estás enamorada de Julio? —preguntó Darcie. Eden no contestó—. Horror. Pensé que sólo era otro de tus novios... Ya verás cuando mi madre se entere.

—Mi relación con Julio es... asunto mío. Nos llevamos muy bien, en la cama y fuera de ella. Y, como te acabo de decir, sólo es asunto nuestro.

—Estoy de acuerdo. Y lo de Merrick también es sólo asunto mío.

Eden hizo una mueca de desaprobación.

—Yo no voy a tener hijos, Darcie. Da igual que Julio y yo nos casemos o nos pasemos la vida durmiendo juntos. Pero tú...

—No estoy preparada para casarme.

—Si no hubieras rechazado a ese australiano...

Darcie se puso tensa. No le gustaba discutir con su abuela y, además, Dylan no había vuelto a llamarla, de modo que no fue ella quien lo rechazó. En teoría al menos.

—No lo he rechazado.

—Te fuiste sin decirle adiós.

—Era lo mejor.

—¿Vas a sacrificar la oportunidad de tener un verdadero romance? Merrick Lowell sólo es una aventura. Es un narcisista. Y no voy a decírtelo otra vez, Darcie: ese hombre te está usando.

—Me lo acabas de decir.

—Volverá a hacerte daño —insistió Eden, exasperada—. Si Claire y yo te decimos que Merrick no es hombre para ti, ¿por qué no nos escuchas?

—Porque Merrick... —Darcie no encontraba palabras para defenderlo.

—Julio tiene un sobrino adorable. Yo creo que deberías conocerlo. Se llama Juan, Juanito para la familia...

Darcie se despidió con la mano, pero antes de que pudiese cerrar la puerta, Baby Jane le dio un mordisco en el tobillo.

—¡Ya no la soporto más! ¡Esta misma tarde me pondré a buscar apartamento!

Annie tenía razón, se dijo a sí misma por enésima vez. Unos días más tarde, Darcie miraba en el periódico la sección de alquileres.

—No tiene sentido que viva con mi abuela, ¿no?

—Hay todo un mundo esperando ahí fuera —dijo su hermana, que llamaba todos los días—. Un mundo lleno de hombres. Y ya sabes la canción: las chicas sólo quieren divertirse.

Darcie dobló el periódico como hacía cuando iba en el ferry. Ocupar el menor espacio posible era una obligación de todo buen urbanita. Dylan seguramente podría abrir el periódico a todo lo ancho…

Darcie dejó escapar un suspiro. Se sentía como una extraña en el apartamento de su abuela, viéndola con Julio, oyendo cómo hacían el amor al otro lado de la pared…

Que la vida sexual de su abuela fuese muy superior a la suya era como para morirse de risa.

Pero, ¿tenían que pelearse por eso?

En las últimas veinticuatro horas no se habían dirigido la palabra. ¿Culpa de quién? El pobre Julio se había convertido en su intermediario. Si Eden estaba esperando que ella le pidiera disculpas, que retirase la amenaza de marcharse del apartamento, tendría que esperar hasta cumplir los cien años.

Pasando un dedo por la columna de alquileres, Darcie dejó escapar otro suspiro. O el alquiler era demasiado alto (en Nueva York todos los alquileres eran demasiado altos) o sonaba fatal.

—Darcie —dijo Annie.

—Estoy leyendo.

—¿Encuentras algo?

—No. Y mamá no te ha dado permiso para mudarte a Nueva York.

—Yo creo que se está debilitando. Busca un sitio suficientemente grande para las dos.

Y en un barrio que no sea peligroso.

—Ya, eso te lo ha dicho mamá, ¿no?

¿Por qué estaba buscando piso?, se preguntó. Annie era desordenada mientras su abuela era una de las personas más limpias y organizadas que conocía. Darcie lamentaba haber dicho que se iba, pero quizá merecería la pena para dejar de presenciar sus tonteos con Julio y para evitar los mordiscos de la traidora Baby Jane.

Tendría su propio apartamento, decorado a su manera, podría hacer fiestas... quizá ir andando a trabajar. No tendría que volver a tomar el ferry.

Pero sólo se iría cuando hubiese hecho las paces con Eden.

Quizá había llegado el momento de vivir sola, pensó con cierta tristeza. Además, tenía que poner orden en su vida.

¿Y quién sabe? Quizá podría conocer a alguien más interesante que Merrick... y que Dylan Rafferty.

El jueves siguiente, Claire Spencer intentaba contener los nervios.

—Lo siento, Tildy. No podemos seguir con esta charada.

—¿Qué charada? —preguntó la niñera, ajena a su angustia.

Claire sacó a Samantha de la bañera, donde la niña estaba llorando a todo pulmón.

—Tranquila, cariño. Mamá está aquí.

—La he metido en la bañera hace menos de un minuto, señora Spencer.

—Yo he entrado en el apartamento hace cinco minutos, Tildy, y Samantha ya estaba llorando. Me he quitado los zapatos, me he puesto un chándal y mi hija seguía llorando.

—Es bueno para sus pulmones —protestó la niñera.

—Pero no es bueno para los míos. Te daré un cheque por toda esta semana, pero quiero que te vayas. Ahora.

—Mis referencias…

—Tildy, yo que tú iría a la universidad. O me dedicaría a ser camarera. Cualquier cosa que no tenga nada que ver con niños.

Tildy apretó los labios.

—Los niños pueden ser muy difíciles.

—Sí, lo sé. Y los padres también —murmuró Claire.

—Necesito el dinero, señora Spencer.

—Tienes suerte de que no llame a la agencia, jovencita. Pensé que había contratado una niñera competente, pero me muerdo las uñas en la oficina, temiendo que le pase algo a mi hija… mira, déjalo.

Claire salió de la habitación para no ponerse a gritar. Tenía que tranquilizarse o acabaría estrangulando a Tildy.

Después de calmar a la niña, firmó un cheque y se lo entregó a la niñera.

—He añadido una pequeña cantidad extra para que tengas algo hasta que encuentres otro trabajo. Pero espero que no sea como niñera.

Afortunadamente, Peter no estaba en casa. Conociéndolo, seguramente habría intentado convencerla para que no la despidiese.

Un segundo después de haber cerrado la puerta, sonó el timbre. Era Darcie.

—¿Quién es la chica de la cara colorada que me he encontrado en la escalera?

—Mi ex niñera.

—Pero si era jovencísima.

—Ya, por eso. ¿Qué te pasa?

—Nada —contestó Darcie. Pero cuando se inclinó para besar a la niña, Claire vio que tenía lágrimas en los ojos.

—Muy bien. Antes de que empiece a sentirme culpable por haber despedido a Tildy, cuéntame qué te pasa.

—Claire...

Su amiga le pidió que esperase un momento mientras secaba a Samantha y la metía en la cuna. Después sacó una botella de vino blanco de la nevera.

—Dime.

El suspiro de Darcie lo decía todo. Era

un hombre, por supuesto. ¿Cuándo no era un hombre? El matrimonio tenía sus cosas malas, pero por primera vez desde el nacimiento de Samantha, Claire se alegró de no seguir soltera.

Pero se equivocaba. No eran ni Merrick ni el australiano. Cuando Darcie, con lágrimas en los ojos, le contó su pelea con Eden, Claire le dio un abrazo.

—Quizá debería reconsiderar mi decisión. Podría pedirle disculpas, quedarme con ella… ¿por qué no?

—Porque te vendría bien vivir en Manhattan. Así podrías ir andando a trabajar, conocerías gente… hombres, quiero decir. Hombres solteros, nada de casados que te engañen. Tiene que haber alguno por ahí.

Claire quería que saliera con otro hombre que no fuese Merrick. Como su abuela.

—No estoy segura —murmuró Darcie, tomando un sorbo de vino.

—¿De qué no estás segura?

—De nada.

—Ya, pues yo tampoco. De hecho, podría escribir un libro sobre eso.

—¿Por qué no lo escribimos juntas?

—Sí, algo sobre cómo sobrevivir al matrimonio y a los hombres que te engañan —rió Claire.

—Podríamos hacer algo realista: la angustia, la soledad, las presiones de una mujer soltera. Las demandas y las dudas de una mujer casada, los niños…

—¿Tú crees que podríamos hacerlo?

Darcie levantó los ojos al cielo.

—No tengo ni puñetera idea.

Capítulo diez

EL sábado por la tarde, Darcie iba por la calle 77 con un recorte de periódico en la mano. Tras ella, Claire empujaba el cochecito de Samantha, que debía haber costado casi lo que un Jaguar.

—No te desanimes. Ya hemos pasado por esto —dijo su amiga, poniéndole el chupete a la niña—. El de Soho, horrible, el de Chelsea para matar al dueño, el de Yorkville...

Llevaba dos semanas buscando apartamento y todos habían sido una decepción. Afortunadamente, Claire no se separaba de ella.

—No, hoy tengo una buena sensación.

Darcie miró a la izquierda y luego a la derecha. ¿Por qué no iba a tener una buena sensación en aquella calle tranquila, rodeada de árboles, con casitas de dos y tres pisos? Algunas habían sido renovadas y parecían muy contemporáneas, con enormes ventanales y puertas de madera oscura.

Cruzando los dedos, rezó para que aquel fuera el apartamento que estaba buscando. Pero frente a la casa había un montón de gente. ¿Qué esperaba? La mitad de los neoyorquinos estaban tan desesperados como ella.

—Tienes la misma oportunidad que los demás, no te angusties.

Mientras esperaban, Claire movía el cochecito de la niña para tenerla contenta.

—Toda esa gente tiene más dinero que yo —suspiró Darcie—. Además, la pobre Samantha debe de estar harta. La hemos arrastrado por todo Manhattan.

—A lo mejor se convierte en agente inmobiliario cuando se haga mayor.

—Si estás decidida a acompañarme todos los sábados, podrías dejarla con Peter.

—Peter tiene que trabajar. Y yo también —murmuró Claire—. Pero no quiero decir que esté haciendo un sacrificio, ¿eh?

—Pero lo haces. Sé que tienes trabajo atrasado.

—¿Y quién no?

—Cierto —suspiró Darcie. Pero se sentía culpable por arrastrar a su amiga por toda la ciudad—. ¿Has encontrado niñera?

Claire vaciló un momento.

—He estado pensando... podría llevarme a Samantha a la oficina. Para eso soy jefa, ¿no? Peter no puede llevársela... y además, no sabría qué hacer con ella.

—¡Hombres! Walt también está enfadado conmigo porque tengo que pedir horas libres. Y eso que ayer le presenté el proyecto completo.

—Pues Greta debe estar de los nervios.

—Ya te digo. Se ofreció a hacerlo por mí.

—Qué noble por su parte.

—Y Walt casi estuvo de acuerdo. Será memo…

—¿Por qué no mirar en su escritorio, como hace ella? A saber lo que podrías encontrar.

Samantha eligió ese momento para ponerse a llorar.

—¿Lo ves? Ni siquiera mi ahijada soporta oír ese nombre.

—No me extraña —rió Claire.

—Cada vez que me doy la vuelta, noto que está vigilándome. Es como la KGB.

Una mujer con traje de chaqueta se colocó en medio de la escalera.

—Lo siento, señores, el apartamento ya está alquilado.

Hubo comentarios de toda clase, por supuesto.

—Pero yo llevo esperando…

—Yo llamé por teléfono…

—Me habían prometido…

Un hombre con gabardina lanzó una exclamación. Una chica con vaqueros de diseño, chaqueta de cuero y tacones de vértigo se alejó, mascullando maldiciones.

—Creo que deberíamos ir a comer

al Phantasmagoria. Invito yo —suspiró Darcie.

—No puedo. Peter quiere que salgamos esta noche a cenar y aún tengo un montón de cosas que hacer.

—Entonces, me quedo cuidando a Samantha.

—Gracias, cariño, pero ya he contratado a una niñera.

Se alejaron calle abajo y, unos minutos después, Darcie se detuvo bruscamente. Claire, que iba unos pasos detrás, la golpeó con el cochecito pero, acostumbrada como estaba a los mordiscos de Baby Jane, Darcie ni se enteró.

—¡Claire, mira!

Era una casa de tres pisos con jardincito y verja de hierro, la típica edificación de la zona... el apartamento que toda soltera busca, como las chicas de *Sexo en Nueva York*. Y había un cartel que decía *Se alquila*.

—Vamos a echar un vistazo.

Una mujer mayor, la señora Lang, abrió la puerta y les mostró el piso. No era muy grande, pero tenía dos dormitorios y unos ventanales enormes.

—Yo ya no quiero vivir en la ciudad. Demasiado ruido y demasiada gente. Mi hija me ha convencido para que me vaya a vivir con ella y la verdad es que se lo agradezco.

—Es una casa preciosa —sonrió Darcie.

—Sí, pero desde que mi marido murió ya no es un hogar para mí —sonrió la señora Lang, acariciando a Samantha—. ¿Está usted casada?

—No, la niña es de mi amiga.

—Ah.

«Una pena», parecía pensar.

Después de ver la cocina, los dos dormitorios y el cuarto de baño, Darcie estaba enamorada. Qué le importaban los hombres. Se quedaría en casa, pensando en su vida, trabajando, viendo la televisión, disfrutando de su propio espacio. Podría ser como su abuela, ligando sin parar, con novios a los ochenta años…

Eso si algún día encontraba novio.

—Si no le han hecho ninguna oferta, me lo quedo.

Le gustaban el sitio, el espacio, la luz y los techos altos del apartamento. Pero cuando la señora Lang le dijo el precio, Darcie hizo una mueca.

Y cuando Claire y ella salieron de nuevo a la calle, descubrieron que les habían robado el cochecito.

Perfecto.

No podía pagar aquel apartamento y, además, le debía a su amiga un cochecito carísimo.

—Peter dice que su seguro cubrirá el robo —le estaba diciendo a su madre por la noche—. Pero de todas formas me siento fatal.

—Nueva York no es sitio para una familia. No es sitio para ti —insistió Jane Baxter—. Tu padre y yo estamos deseando que vuelvas a casa.

—Prefiero discutir un préstamo.

Esa era la razón de su llamada. Le gustaba creer que era una mujer independiente, pero... Había dejado un depósito a la señora Lang y odiaba tener que pedirle dinero a sus padres, pero era una emergencia.

Y, por supuesto, Janet no parecía entusiasmada.

—Dos dormitorios minúsculos, seguro. Y me apuesto lo que quieras a que la cocina es un cajón.

—Los Lang han vivido cuarenta años en esa casa, mamá. Además, la señora Lang está dispuesta a venderme algunos de sus muebles.

—¿Hay nevera?

—Sí, mamá. Y cocina y lavavajillas.

Janet dejó escapar un suspiro.

—Aquí podrías alquilar una casa con tres habitaciones, dos baños y un garaje. ¿Cuánto te ha pedido por el alquiler?

Darcie se lo dijo y su madre soltó una exclamación.

—Esto es Nueva York, mamá. La vivienda cuesta muy cara…

—Y tu padre y yo tenemos que financiar esa aventura, ¿no?

—Tengo un buen trabajo. Y amigos. Sólo necesito que me prestéis dinero para pagar la fianza y los dos primeros meses. ¿No quieres alejarme de la perniciosa influencia de la abuela?

—Muy bien —suspiró su madre.

—¿Me prestarás el dinero? —exclamó Darcie. Aquello parecía demasiado fácil—. Dile a papá que os pagaré intereses.

—No, nada de préstamos.

—Pero has dicho…

—Tu padre y yo estamos dispuestos a pagar parte del alquiler, siempre que tu hermana viva contigo.

Darcie ahogó un gemido.

—Mamá, por favor…

—Ya hablamos de eso cuando fui a Nueva York. Anoche tu padre me comentó que el trabajo de Annie aquí no va a ninguna parte. El chico con el que estaba saliendo… ese tal Cliff, no tiene nada que ofrecerle. Quizá un cambio de escenario es justo lo que necesita. Además, está pesadísima con lo de ir a Nueva York. Esa niña está obsesionada.

—Mujer.

—¿Qué?

—Que Annie no es una niña, mamá. Y yo tampoco.

Aunque necesitara un préstamo para salir a flote.

—Tu hermana ya no es tan desorganizada como antes. Os llevaréis bien, seguro.

Darcie no tenía la menor duda de que Annie había manipulado a sus padres para salirse con la suya.

Y sólo le habría costado limpiar su habitación un par de veces.

El nuevo apartamento de Darcie, o de Annie, no emocionó a Eden.

—Aquí tienes un piso precioso. Y sin pagar alquiler. No necesitas dinero de tus padres y no entiendo por qué tienes que marcharte —protestó su abuela.

Era la primera vez que se hablaban desde la pelea y Darcie no quería volver a disgustarla. Pero en cuanto colgó el teléfono había llamado a la señora Lang para decirle que firmaría el contrato al día siguiente.

—No es un préstamo.

—No, es una libra de carne. Janet no hace nada sin un motivo, como tú sabes bien. ¿De verdad quieres vivir con Annie?

—La verdad es que no —contestó Darcie. Pero contenta por tener su primer apartamento propio, el asunto no la molestaba demasiado—. Aunque no es tan mala idea. Nos haremos compañía la una a la otra.

Y no tendría que volver a soportar a Baby Jane, excepto cuando fuera de visita.

Eden se llevó una mano al corazón.

—Yo quiero mucho a Annie, pero te volverá loca. Te doy un mes, máximo.

—Si sale mal podrás decir lo de «ya te lo advertí».

—Si necesitabas un préstamo, ¿por qué no me lo has pedido a mí?

—Eso mismo me dijo Claire.

—¿Y por qué le dijiste que no?

—Por la misma razón por la que no te lo pedí a ti, abuela —suspiró Darcie—. A mis padres no les hace falta el dinero...

—A mí tampoco.

—Pero no quiero tocar tus ahorros.

—No te irás por Julio, ¿verdad? —preguntó Eden entonces.

—Nos mudamos —Darcie rió, con una caja en la mano.

No iba a ser una fiesta, pero al fin y al cabo era un día especial y pensaba disfrutarlo.

Los vaqueros rotos y las playeras de Claire no pegaban con su imagen de VIP, ni con la de esposa de Peter o madre de Samantha, pero estaba muy graciosa.

—Una pena que el tiempo no coopere.

—Me alegro de que hoy esté nublado.

—No pienso preguntar por qué.

—Porque es un buen augurio. Da buena suerte que llueva cuando uno se está mudando —sonrió Darcie.

—Eso es en las bodas, tonta. Y, además, aún no está lloviendo.

—Lloverá. Pregúntaselo a Peter.

—¿Preguntarme qué? —el marido de Claire apareció en la puerta, con una lata de cerveza en la mano—. ¿Si tenemos tiempo para un revolcón en esa cama tan grande que Darcie ha comprado? Contigo, amor mío, por supuesto.

—Aún no la han traído. Y no seas bruto.

—¿Os importaría arreglar vuestros problemas sin mí? —sonrió Darcie—. Si no suelto esta caja en diez segundos se me van a caer los brazos.

—Te ayudaría encantado, pero necesito recuperar mis preciosos fluidos —sonrió Peter. Claire le dio un codazo en las costillas—. ¿Qué he dicho ahora?

Darcie encontró a Merrick en la cocina, sacando la vajilla que le había regalado su abuela.

—No está mal, ¿verdad?

—¿Quién, yo? —preguntó él, sonriendo.

—No, el apartamento.

Darcie estaba empezando a preguntarse cuántas cervezas habían tomado los dos hombres mientras la «ayudaban» con la mudanza.

—Está quedando bastante bien.

Gracias a la señora Lang tenía muebles en el salón, la cocina pronto estaría equipada y, con un poco de suerte, su cama llegaría a las cinco.

—¿Quién quiere pizza? Tengo hambre.

—Yo iré. ¿De qué la quieres, de champiñones, de jamón?

—De todo —suspiró ella.

—Doble de queso —dijo Claire—. Sin anchoas.

—Voy contigo —se ofreció Peter.

Claire se interpuso en su camino.

—De eso nada. Tú saca las cajas de la furgoneta.

—En fin, tenía que intentarlo.

—Dame tu cartera.

—Ah, un robo. ¿Qué vendrá después? Ahora soy un mendigo a merced de dos mujeres —protestó Peter.

—Prometo no abrir la cerveza hasta que vuelva —sonrió Merrick.

—Qué buena persona.

Darcie sonrió, contenta. En unas semanas lo tendría todo organizado y Annie podría aterrizar con sus cosas. Annie, que había cortado con su novio y estaba deseando empezar su nueva vida en la Gran Manzana.

Cuando Peter y Claire se llevaron a Samantha a casa, horas más tarde, Darcie estaba exhausta. Pero feliz.

Después de despedirse de los Spencer, se sentó sobre las rodillas de Merrick, en el sillón heredado de la señora Lang.

Pero Merrick se apartó.

—¿Huelo mal? Debo oler a sudor. Después de mover tantas cajas…

—¿Estás hablando sola?

—No.

—¿No? Pues yo estoy medio dormido.

Darcie se levantó, dolida.

—Si traigo otra cerveza, ¿te despertarás?

Merrick sonrió.

—Relájate, ¿quieres?

—Esta es mi primera noche en mi casa. Mi casa. Quería que fuese especial.

—Pues ponte un vestido. Iremos a cenar y a tomar un par de copas… champán, si quieres. El problema es que no me apetece.

¿Olía mal de verdad?

Darcie levantó un brazo. No olía a sudor. Y eso después de haber pasado todo el día de mudanza. Entonces, ¿cuál era el problema?

—¿Echas de menos a Jacqueline?

—¿Después de lo que me ha hecho? —replicó Merrick, como si todo hubiera sido culpa de su mujer—. No, de eso nada. He aprendido la lección. Si vuelvo a casarme...

—¿Piensas volver a casarte?

—Es posible.

—¿Conmigo? No lo creo —sonrió Darcie.

—Eso es algo que me gusta de ti. Eres sincera.

—¿Te gusta algo más?

—¿Perdona?

De repente, aquello le parecía importante.

—¿Hay algo más que te guste de mí?

Su vacilación le dijo más de lo que hubiera querido saber.

—No seas bruja —sonrió Merrick, levantándose. Fue a la cocina y, sin darse cuenta, apagó la luz del salón.

—¿Qué haces?

—¿Eh?

—Has apagado la luz. Cada vez que sales de una habitación, apagas la luz.

—Los ricos no se hacen ricos por malgastar el dinero. Apagamos las luces, compramos coches usados...

—Tú no has tenido un coche usado en la vida.

Merrick tenía un Lexus. No, dos. Uno para los días de diario y otro para los fines de semana. Pero Darcie no los había visto. Como no había visto su casa, ni el apartamento donde vivía tras separarse de Jacqueline.

—¿Te molesta que gane suficiente dinero como para comprarme unos cuantos lujos?

—Yo nunca he tenido lujos. Quizá un rubí o una pulsera de brillantes para mi cumpleaños... ¿Cuándo es mi cumpleaños Merrick? —Darcie empezó a imitar el sonido de un reloj, como en los concursos de la tele—. Piiiiiiiii. Se acabó el tiempo.

—¿Me estás castigando por alguna razón?

—Lo siento, era una broma.

—¿Crees que me ha gustado ver cómo mi mujer se llevaba a los niños?

Darcie pensó en Claire, en lo difícil que estaba resultando para ella ser madre, en cómo quería a Samantha...

—Lo siento. Sé que esto no es fácil para ti.

Darcie no quería enfadarse aquella noche. Las discusiones la agotaban y, además, se estaba haciendo tarde. En muchos sentidos. ¿Iba a pasar el resto de su vida esperando la llamada de Dylan o había llegado la hora de hacer las paces con Merrick, de perdonar sus defectos?

—¿Quieres un trozo de pizza?

—Pensé que íbamos a cenar fuera. Yo invito. ¿Lo ves? Soy un caballero.

—Sí, como Pierce Brosnan o Brad Pitt.

—Ja, ja.

Compadeciéndose, Darcie se acercó. Por los viejos tiempos. Lo aplastó contra la pared y enredó los brazos alrededor de su cuello.

—Olvídate de la cena, guapo. Si esta cocina fuera un poco más grande estaría suplicando piedad, señor Lowell.

Durante un segundo le pareció buena idea. Pero entonces un collage de imágenes de Australia apareció en su mente. Dylan.

De repente, Merrick se puso rígido también.

—No puedo. Ahora no.

Darcie dio un paso atrás.

—Quizá debería darme una ducha.

—Y yo debería marcharme. Ha sido un día muy largo y estoy cansado.

Decepcionada, ella hizo un puchero. Eso no le funcionaba nunca a nadie más que a Annie, pero lo intentó.

—¿Por qué no te quedas? Podríamos dormir juntos. Sólo dormir.

—¿Dónde?

Ah, ese era un problema. No habían llevado la cama.

—Mejor en otra ocasión.

—¿Qué te pasa, Merrick?

—Nada, no es por ti.

—¿Entonces?

Él se despidió con la mano y, un segundo después, se había marchado.

Muy bien. Pues adiós. No pensaba llorar.

Tenía un trabajo decente... o medio decente, buenos amigos y una familia en Cincinnati. A menos que acabara matando a Annie.

Y, sobre todo, tenía su apartamento.

—Feliz nuevo apartamento, Darcie Elizabeth Baxter.

Aparentemente, nadie iba a brindar con ella.

El sonido del teléfono la sobresaltó. Estaba durmiendo en el sofá y se levantó de un salto, nerviosa. ¿Quién tenía su número? ¿Le habría pasado algo a su abuela?

—Hola, Matilda.

La profunda y rica voz de Dylan hizo que su corazón diera un vuelco. Los hombres de su vida eran, al menos, consistentes: siempre la sorprendían.

—Hola. ¿Cómo me has encontrado?

—Acabo de hablar con tu abuela.

Oh. Ella no le había contado que vivía con Eden.

—Eso después de hablar con un tal Julio. No sabía que hubiera hispanos en tu familia.

—No, no. Es un amigo de mi abuela.

—Parecía medio dormido…

—Mira, déjalo. Las relaciones de mi abuela son bastante complicadas.

—¿Se acuesta con ese hombre? —preguntó Dylan.

—Pues sí. Julio es el chico del mes. Dylan soltó una carcajada.

—A los ochenta años mi abuela estaba todo el día en una mecedora, hablando consigo misma.

—La mía es diferente —suspiró Darcie—. ¿Ella te ha dado mi número?

—Claro. Me ha dicho que acabas de mudarte.

—Esta misma tarde.

—A ver si lo entiendo… Ahora vives tú solita en la gran ciudad.

—Sí, pero mi hermana Annie llegará dentro de poco.

—Dos mujeres —murmuró él—. Con una puerta que cualquier psicópata puede tirar de una patada. Darcie miró el oscuro apartamento y sintió un escalofrío.

—Dylan, no exageres. «No me asustes», más bien.

—Creo que deberías haberte quedado con tu abuela.

Dylan Rafferty era un hombre muy guapo, pero con opiniones muy anticuadas. Y sola en el apartamento por primera vez, Darcie no necesitaba que nadie le recordase el peligro.

—¿Podemos cambiar de tema? —Muy bien. A ver, sigo medio enfadado contigo... una de las razones por las que no he vuelto a llamar. —¿Eso es una disculpa? Porque no funciona.

—No, no es una disculpa. Quería llamarte, pero estaba enfadado. Y sigo estándolo. Además, tenía mucho lío aquí en el rancho.

—¿Por qué?

—¿Recuerdas el semental que quería comprar cuando estaba en Sidney?

—Sí. —Lo importamos de Inglaterra y ha habido problemas con la peste bovina, así que he tenido que ponerme a buscar otra vez. Por fin, he encontrado uno en Nueva Zelanda. Lo compré ayer y me lo mandan mañana.

—¿Cuántas ovejas tienes?

—Unas cuantas.

—¿Cómo es de grande tu rancho?

—Muy grande.

Enorme, interpretó Darcie. Como todo en él.

—¿Por qué eres tan modesto?

—Los australianos no nos damos aires.

En realidad, era enternecedor. Y más inteligente de lo que había pensado. Tanta testosterona controlada, pensó... Muy excitante.

—Has estado liado. —No tanto como para no pensar en ti —contestó

Dylan. —Han pasado seis semanas. —¿Tú también has pensado en mí?

—De vez en cuando —contestó ella.

—¿Estás pensando en mí ahora?

—Claro.

—¿Qué llevas puesto?

—Nada. Estoy desnuda.

—Yo también, cariño. Darcie se estiró en el sofá, sonriendo.

—¿Quieres contarme algún detalle?

—Encantado.

Dylan se lanzó entonces a una tórrida descripción de todo lo que le gustaría hacerle, en su cama o en la de ella.

—En la tuya —murmuró Darcie—. Esta noche no tengo cama.

Cuando colgó, temblaba de deseo y de emoción.

Dylan Rafferty estaba a miles de kilómetros, pero aquella noche su voz hizo que dejara de sentirse sola. Eden ya no era su compañera de apartamento, Claire no vivía en el piso de abajo... ¿Habría cometido un error? No estaba segura.

Con las palabras de Dylan aún sonando en sus oídos, Darcie cerró los ojos.

—Yo creo que esto puede funcionar.

No quería saber si se refería al apartamento o a Dylan.

Capítulo once

SONRIENDO, Annie miró aquel desastre de habitación. Por su posición en la familia como hermana pequeña, nunca se había molestado en limpiar nada —esa era responsabilidad de Darcie— ni la preocupaba lo que pensaran los demás.

A Darcie, por otro lado, le importaba mucho.

—Estoy instalándome, ya lo colocaré todo.

Iba a vivir sola, sin sus padres, y tenía muchos planes. Incluso podría pintar las paredes de negro.

—Llevas una semana instalándote y no veo ningún progreso. Annie abrió un par de cajones de la cómoda.

—¿Lo ves? Estoy colocándolo todo.

—Dos pares de vaqueros, tres camisas, la ropa interior hecha un lío... ¿Dónde está el resto de tus cosas?

—En la maleta. Darcie se puso las manos en las caderas (siempre una mala señal para Annie).

—Aquí hacen falta un par de reglas. —Tuyas, supongo —suspiró su hermana—. No me gustan las reglas.

—Pues lo siento por ti. Regla número uno: tus cosas se quedan en esta habitación y la puerta permanecerá cerrada. Pero quiero el salón, la cocina y el cuarto de baño limpios. Anoche dejaste una cacerola sucia en el fregadero… que no vuelva a pasar. Regla número dos: tienes que fregar todo lo que ensucies. Regla número tres: cuidado con quién sales. Annie, de verdad, esto no es Cincinnati. No puedes salir con el primero que conozcas.

—Me preocupas —suspiró ella. La vida siempre había sido su patio de juegos y no entendía la actitud de su hermana—. Te vas a trabajar exactamente a las ocho y cuarto de la mañana, vuelves a las seis, haces la cena, ves la televisión y luego te vas a la cama.

—A menos que haya quedado con Merrick.

—Si no eres feliz con él, sal con otro tío. Ah, por cierto, te oí hablar con alguien por teléfono la otra noche. ¿Es el australiano?

Darcie se puso colorada.

—Hablamos de vez en cuando.

—Hacéis sexo telefónico, ¿verdad?

—Annie, eso no es asunto tuyo.

—Pero tú sí. Es genial, Darcie. ¿Qué te dice?

—Es muy inventivo —suspiró ella—. Regla

número cuatro: tienes que buscar trabajo.

Annie asintió, pero no tenía ninguna intención de obedecer a su hermana. Nadie se metía en su vida. Ni siquiera su madre.

—Tengo que encontrar trabajo, es verdad —murmuró, tocándose uno de los cuatro pendientes que llevaba en la oreja—. Pero no pienso aceptar cualquier cosa.

—¿Has llamado a la agencia que te dije?

—¿La que te consiguió el puesto en Wunderthings? —replicó Annie, irónica.

—Yo gano dinero, guapa. Tú no.

—Pues vaya cosa.

Darcie se volvió, suspirando. Hora de irse a la cama.

—La abuela me lo advirtió.

—¿Qué prefieres, compartir este apartamento conmigo o tener que ver a la abuela ligando con Julio?

—Aún no lo he decidido —replicó su hermana, con una mueca de desaprobación.

Pero Annie estaba acostumbrada a esas muecas. Se consideraba a sí misma un espíritu libre y no tenía ninguna intención de cambiar de vida.

—Espero que mañana vayas a alguna entrevista de trabajo. Te lo digo muy en serio.

—¿Qué eres, la policía? —replicó Annie, apartándose la melena. Después, sacó un vestido de la maleta y se miró al espejo. No, ya no iba con su nuevo color de pelo.

Quizá debería pasar por la peluquería. La fiesta que pensaba organizar para celebrar su nueva vida en Nueva York requería algo verdaderamente espectacular.

Pero por el momento, tranquilidad.

«Mis padres pagan mi parte del alquiler».

Greta Hinckley tenía demasiadas facturas que pagar. Necesitaba dinero, se decía a sí misma. Necesitaba el puesto de Darcie Baxter. El problema era que a Walt Corwin no le había gustado su proyecto de medias para mujeres con las piernas delgadas.

Y Greta despreciaba a Darcie cada día más. «Si la hubiera escuchado cuando me dijo que la mayoría de las mujeres tenían problemas de sobrepeso...».

Si aquello no funcionaba, tendría que buscar otro trabajo.

«Ya, como que va a ser tan fácil», pensó. Las jovencitas recién salidas de la universidad se quedaban con los mejores puestos.

Greta guardó la bolsa del almuerzo en un cajón de su escritorio. El día anterior, Darcie pidió comida por teléfono: un sándwich de atún, tomate fresco, pan integral... y una manzana.

Greta hubiera deseado que contuviese veneno, como la de Blancanieves.

Y ese nuevo apartamento del que no dejaba de hablar…

Ya no tenía que tomar el ferry. Darcie ya no vivía con su abuela, sino con esa hermana suya. Y Greta estaba más resentida cada día, más mustia, como las moribundas plantas de su apartamento.

Cuando oyó los tacones de Darcie por el pasillo, se volvió. El trabajo, el apartamento, el viaje a Sidney, incluso el almuerzo le recordaban que su propia vida era un asco. Y eso sin contar al novio, Merrick Lowell, o al australiano que se había ligado en Sidney.

—Buenos días, Greta. ¿Has terminado el informe que te pidió Walt?

—Lo tendrá en su momento —contestó ella.

—Walt parece olvidadizo, pero no olvida nada.

Greta levantó la cabeza. Darcie seguía allí, de brazos cruzados.

—¿Querías algo?

—La verdad es que he estado pensando… Hace tiempo que nos llevamos mal, pero somos vecinas, ¿no? Vecinas de mesa por lo menos. Yo… me gustaría que me dieras tu opinión sobre la tienda de Sidney. Quizá podrías echarme una mano.

—¿Qué?

—Tienes buenas ideas, Greta. Lo de las medias para mujeres con las piernas delgadas no, pero otras… en fin, que puedes hacer cualquier sugerencia. Le diré a Walt que vamos a trabajar juntas.

Greta Hinckley se quedó boquiabierta. ¿Qué estaba planeando Darcie Baxter?

—Y eso no es todo. He decidido hacer una sugerencia que nos vendría bien.

—¿A quién?

Darcie se sentó sobre el escritorio.

—A las dos —dijo, sonriendo. Entonces se fijó en un abrecartas de plata—. Qué bonito. ¿Es un regalo?

Greta se puso colorada.

—Era… de mi madre. ¿Qué estabas diciendo?

—Creo que ha llegado el momento de cambiar de imagen.

—¿Quién, tú?

—No, tú.

—Si esto es una trampa…

Claro que lo era. Le pedía ayuda con el proyecto de la tienda de Sidney para sacarle ideas y después pillarla en algún renuncio. Sin embargo, Darcie parecía sincera. Greta nunca había pensado que tuviera cerebro, pero empezaba a dudar…

Ella, como todas, sabía que una chica puede sobrevivir en el mundo profesional sólo con un buen par de tetas. La revolución sexual no había cambiado eso. Y, al contrario que Baxter, ella no tenía un buen par de tetas.

—Mira, voy a hacer una fiesta para inaugurar mi apartamento y quiero invitarte. Y este sería un buen momento... Nada como una nueva imagen para levantar el ánimo de cualquier mujer. Buena ropa, un buen corte de pelo...

—¿Qué le pasa a mi pelo?

Darcie no contestó directamente.

—Vamos a comer juntas. Invito yo. A lo mejor podría darte un par de consejos... aunque no soy una experta.

—¿Qué es lo que quieres, Darcie?

—Necesitas una nueva imagen. Greta. Lo sé por experiencia propia.

Greta Hinckley estuvo a punto de sonreír, pero se contuvo. Aquello podría ser interesante. Si comían juntas podía descubrir sus puntos débiles. Si quería dinero y un puesto mejor en Wunderthings, ir de compras sería buena idea. Y si quería a Walter... seguramente también él iría a la fiesta.

—¿Invitas tú?

—Claro —sonrió Darcie.

El sábado por la tarde, Darcie se preguntó si había perdido la cabeza.

—¿Por qué mi vida siempre es un caos?

Siguiendo a Greta por los almacenes Macy's de la calle 34, iba conteniéndose para no darse de cabezazos.

¿Por qué la había invitado a la fiesta? Debió haber sido un momento de locura.

—¿Qué tal esto? —preguntó Greta, mostrándole un vestido negro.

—No te pega.

—Tampoco me pegaba el marrón.

—Greta, tiene que ser algo de color. Rojo, por ejemplo.

Después de invitarla a comer el día anterior, Darcie sugirió que fuesen juntas de compras. Greta Hinckley necesitaba salir de su caparazón... y quizá así dejaría de robarle ideas. Si colaboraban en el proyecto de Sidney tendría una nueva responsabilidad y estaría más contenta. Era un buen plan.

Con su ayuda, incluso podría atraer a algún hombre. No a Walter Corwin, claro. «Es una hiena», había dicho Walt de ella. Pero con un poco de suerte, podría conocer a alguien, quizá en su fiesta. Se enamoraría, decidiría seguir a ese hombre y se marcharía de Wunderthings, incluso del país.

Era un plan muy emocionante.

Pero no estaba segura de que lo de ir de compras estuviera funcionando.

«Se atraen más moscas con miel que con

vinagre» solía decir su abuela. Pero Greta no era una mosca y no parecía agradecer su ayuda. Desde luego, no aceptaba sus consejos.

—El rojo me sienta fatal.

Darcie le mostró un conjunto de rayas.

—Pruébatelo. Es muy primaveral.

—No, tengo la piel cetrina y el verde no me queda bien. ¿Por qué no me cuentas de qué va esto? Primero me invitas a comer, luego me invitas a tu fiesta cuando nunca antes habíamos tomado ni un café...

—Muy bien —suspiró Darcie—. Pensé que si te ayudaba a ser... más moderna, tu vida sería más feliz y dejarías de vengarte de mí por el trabajo de Sidney.

Greta la miró, fingiendo inocencia.

—Me debes una.

—¿Yo? No lo creo. Pero no tenemos por qué estar eternamente enfadadas —replicó Darcie, conteniendo el deseo de darle una bofetada—. Greta, tienes que hacer tu propio trabajo y dejar de copiar a los demás.

Nunca había sido tan clara con ella, pero era lo que se merecía.

—¡Yo no copio...!

—Mira, esos pantalones de seda te quedarían muy bien. Y la chaqueta plateada es de escándalo. Todo el mundo te mirará en la fiesta.

Con desgana, Greta se probó el conjunto.

—¿Me queda bien?

—Te queda estupendamente. Además es un pantalón. Ir con falda es un rollo, ¿verdad? Que si las carreras en las medias, que si no puedes abrirte de piernas…

—Sí, es horrible.

Por un momento compartieron un secreto femenino, pero Darcie seguía sin fiarse de ella.

—Voy a darte la dirección de mi peluquería. Unos reflejos te quedarían de maravilla.

Cuando Greta volvió a ponerse su traje de chaqueta gris no le quedó ninguna duda. El pantalón de seda con la chaqueta plateada hacía de Greta Hinckley una mujer nueva.

—Vamos a comprar cosméticos. Ya verás como tu teléfono no deja de sonar.

Una luz de esperanza se encendió en los ojos de su compañera de trabajo.

—Mi última cita fue hace diez años. Y ni siquiera me dio un beso de buenas noches. No volvió a llamarme. Creo que ha muerto.

Dylan Rafferty la llamó de nuevo esa noche, que para él era mediodía.

Darcie no podía entender cómo aquel hombre podía ser tan sexy a la una de la tarde. Tumbada en la cama, le contó su aventura con Greta en los grandes almacenes.

—Cuando salimos del departamento de cosméticos, después de haberse gastado trescientos dólares, Greta estaba encantada. Radiante.

—Ten cuidado. Por lo que sé de esa mujer, es una traidora. Además, no me interesa nada. Lo que quiero saber es si tú estás radiante.

Había bajado la voz, como otras noches, y Darcie se dio cuenta de que no tenía paciencia para seguir hablando de algo que no fuera sexo.

—Yo siempre estoy radiante.

—Eso pienso yo. —Halagador —sonrió ella. Dylan la excitaba tanto que sus pezones se endurecían bajo la camiseta.

—¿Recuerdas cuando fuimos caminando hacia el hotel… parándonos todo el tiempo? ¿Recuerdas los besos que compartimos esa noche?

—Recuerdo los bares en los que paramos.

Dylan soltó una carcajada.

—Cuando llegamos al hotel yo estaba hecho polvo.

Entonces te pusiste cariñosa y… —Me acuerdo. —¿Recuerdas que nos desnudamos el uno al otro, que caímos sobre la cama?

—Me acuerdo de todo —murmuró Darcie.

—Recuerdo tu sabor. La suavidad de tus labios, tu lengua… Sexo telefónico.

—¿Dónde estás ahora?

—En el salón.

—¿Con tu madre? —preguntó Darcie, sorprendida.

—No, estoy solo. Mi madre se ha ido a Coowalla. —¿No tienes que cuidar de ninguna oveja? ¿Qué ha sido del semental?

—Aquí lo tengo. Y lo está pasando de maravilla —contestó Dylan, con voz ronca—. ¿Dónde estás tú? En la cama, espero.

—Encima de la cama.

—Me gusta cuando estás encima.

Darcie se puso colorada. Sentía que entre sus piernas empezaba a hacer mucho calor.

—¿Qué llevas puesto?

—Una camiseta y unos vaqueros. Nada excitante.

—Tú podrías excitarme con cualquier cosa. Me tumbo cada noche en la cama, recordando las cosas que hacíamos, lo que te ponías, lo que no te ponías… ¿Y sabes qué me pasa?

—Supongo que te pondrás… —Darcie bajó la voz para que Annie no pudiera oírla.

—Duro, sí. Estoy duro ahora mismo —murmuró Dylan—. Cariño, quítate la camiseta. Yo ya me la he quitado.

—Pero si estás en el salón…

—Quítatela.

Darcie obedeció.

—Ya está.

—Ahora quítate los vaqueros. Y las braguitas también. ¿De qué color son?

—Blancas. De algodón.

—Ahora el sujetador. ¿También es blanco?

—No… no llevo sujetador.

—Tócate —dijo Dylan con voz ronca.

—La cotilla de mi hermana podría estar escuchando.

—Me da igual —contestó él, respirando con dificultad—. Quiero creer que estás aquí. Que puedo tocarte…

Darcie dejó escapar un gemido. Y entonces, de repente, sus ojos se llenaron de lágrimas. Al otro lado del hilo oía la respiración de Dylan. Tan lejos. Sólo su voz podía tocarla.

—¿Recuerdas cuando dije que me gustaría verte embarazada? Con el vientre hinchado…

—Sí —admitió ella, trémula.

—Te tocaría por todas partes… pondría la cara sobre tu vientre para sentir al niño…

—Por favor, vamos a dejarlo.

Estaban muy lejos. Y tenían diferentes valores. Pero Dylan no quería parar.

—Estarías preciosa. Incluso más que ahora.

—No estoy preparada para tener un hijo. No estoy preparada para eso.

Él dejó escapar un suspiro.

—Las duchas frías no sirven de nada. Pero creo que has encontrado la solución. Me estoy encogiendo.

—Lo siento. Es que no puedo... —Tengo que colgar. Hablaremos mañana.

—¿No se te olvida algo, granjero? La risa ronca de Dylan hizo que sintiera un escalofrío.

—Buenas noches, Matilda. No duermas demasiado bien. Yo no podré hacerlo.

Capítulo doce

DARCIE se quedó mirando al techo durante largo rato. Había pegado cientos de estrellitas fluorescentes, su propia constelación dentro de su propio apartamento. Como el sexo telefónico o ligar con Dylan en un bar, aquello era algo que nunca había hecho antes y Annie decía estar orgullosa de ella.

La propia Annie, que estaba perdiendo la cabeza, había llegado a casa el día anterior con un piercing en el ombligo y otro en la nariz.

Por no hablar del tatuaje de un búho en el trasero.

—Ya verás cuando lo vean Janet y Hank. Si lo ven.

Janet y Hank, por supuesto, eran sus padres.

Pero ella no pensaba mutilar su cuerpo para declarar su independencia. Darcie odiaba la sangre y el dolor.

Suspirando, se dio la vuelta en la cama… y contuvo un grito.

Una sombra acababa de pasar por delante de la ventana. Una sombra grande de hombros anchos y pelo alborotado. Darcie observó, horrorizada, con el pulso acelerado.

Temiendo alertar al intruso de su presencia, respiraba con la boca abierta intentando no hacer ruido.

«Por favor, que se vaya, que se vaya».

Entonces recordó la advertencia de Dylan sobre dos mujeres que viven solas. ¿Podría aquel extraño oír los latidos de su corazón?

La figura se inclinó. Era alto, musculoso. Con aspecto peligroso para la salud.

Entonces abrió la ventana.

Darcie se puso una mano en la boca para no gritar.

Quizá Annie lograría llamar a la policía. Quizá aquel hombre no iba a matarlas a las dos...

—¡Maldita sea! —lo oyó mascullar, tirando de la chaqueta. Parecía haberse quedado enganchada en un clavo.

Darcie contuvo la respiración cuando el hombre levantó la cabeza. Pero cuando dio un paso hacia ella, lanzó un alarido.

El extraño le tapó la boca con la mano. Una mano que olía a colonia cara.

—Tranquila. No voy a hacerte daño.

Un momento. Colonia cara, chaqueta de cuero... ¿Qué clase de ladrón entra en una casa a medianoche arreglado como para ir de fiesta? Además, ¿no debería haber comprobado que el apartamento estaba vacío?

Ella no tenía nada que mereciera la pena ser robado. Seguramente entre Annie y ella no debían tener más que cuarenta dólares.

—Voy a quitarte la mano de la boca —dijo él en voz baja—. No grites. Por favor.

¿Un ladrón amable?

En cuanto la soltó, Darcie se echó hacia atrás.

—¿Quién eres?

—Calla. No pasa nada.

—¿Cómo que no pasa nada?

Al moverse, el escote de la camiseta se deslizó hacia el hombro. Y el ladrón sonrió.

—Esto es increíble. Tu piel brilla a la luz de la luna.

—Si no sales ahora mismo por donde has venido llamaré a la policía.

—Por favor. Qué día llevo…

—Este es mi apartamento. Si no te vas ahora mismo acabarás en la cárcel.

—¿En la cárcel? —repitió él, sentándose en la cama—. Es que me he dejado las llaves dentro de mi apartamento.

—¿Qué?

—Primero tengo la cita más horrorosa de toda mi vida, después me engancho la chaqueta con un clavo… ¿y ahora voy a ir a la cárcel? Genial —suspiró el extraño, pasándose una mano por el pelo.

—¿Tu apartamento? —repitió Darcie.

—Hola, vecina. Vivo en el piso de arriba.

—¿Y por qué no te has metido por tu ventana?

—Porque a) había un coche de policía en la zona b) tu apartamento está en el primer piso, así que era más fácil entrar y c) me encanta destrozarme la ropa y asustar a las chicas en medio de la noche.

Darcie estaba atónita.

—Lo siento.

—No, eso debería decirlo yo. Espera un momento, tengo que ir al baño.

—No entiendo nada… ¿cómo vas a entrar en tu apartamento?

A todo esto, Annie seguía durmiendo. Menuda ayuda si las atracaban.

Cuando el vecino salió del baño, Darcie se cruzó de brazos.

—Estoy esperando una explicación.

—Pensé que si lograba entrar en el edificio podría abrir la puerta con una horquilla o algo así. Tengo que dormir un par de horas si no quiero tirar mi carrera por la ventana.

—¿Qué carrera?

—Me dedico a la publicidad. Y por si no fuera suficientemente horrible que la industria esté en declive, la chica con la que había salido a cenar se ha ido con otro mientras yo estaba en el cuarto de baño.

—¿Tienes problemas de vejiga?

—Sólo cuando me tomo seis cervezas para anestesiarme.

La situación era completamente irreal. Darcie estaba hablando con un hombre que había entrado en su habitación por la ventana.

—Ah —murmuró, encendiendo la luz.

El vecino era tan guapo como Merrick y Dylan. Pero no era perfecto. Su nariz, recta, tenía un bultito en el centro. Rota, probablemente. Y tenía un ojo ligeramente más grande que otro, como su hermana Annie. Sin embargo, en él las imperfecciones quedaban bien. Como también le quedaba estupendamente la chaqueta de cuero.

Mucho mejor que la chaqueta de motero que Annie llevó a casa unos días antes.

El visitante no tenía pinta de modelo como Merrick, ni de vaquero, como Dylan. Estaba más bien en el medio. A Darcie le pareció ver un brillo de interés en sus ojos grises, pero pronto desapareció. Claramente, no estaba de humor para una aventura sexual. Y ella tampoco.

—¿Quieres sentarte?

—No, gracias. Será mejor que me vaya.

Darcie fue de puntillas a la habitación de su hermana y sacó algo de su bolso. Annie, por supuesto, estaba roncando y no se percató de su presencia.

—Oye, perdona. No quería asustarte.

—Tranquilo. Estoy acostumbrada a que entren extraños en mi habitación.

—Ya te gustaría —sonrió él.

Darcie le dio un llavero.

—Toma, es de mi hermana. Tiene llaves de todo tipo. Las colecciona. Cuando estaba en la universidad las usaba para colarse en todos los dormitorios...

—Qué chica más rara.

—¿Rara? Pues deberías conocer a Greta.

—¿Así se llama?

—No, mi hermana se llama Annie. Greta es una compañera de trabajo. Pero da igual. Nuestra relación no es lo suficientemente profunda como para hablarte de Greta.

El extraño tomó las llaves.

—Gracias. Me imagino que solo tardaré el resto de la noche en averiguar cuál funciona.

—Te deseo suerte.

—¿Llevas mucho tiempo en Nueva York?

—¿Por qué lo dices?

—Porque eres muy confiada.

—Llevo aquí unos cuantos años —dijo Darcie.

—No los suficientes.

—Soy de Ohio. Lo de ser confiado es un

hábito difícil de romper.

El extraño apretó su mano. Tenía unas manos preciosas, de dedos largos.

—Yo soy de Georgia. Cutter Longridge.

—¿Así se llama tu pueblo?

—No, es mi nombre —sonrió él—. ¿Y tú?

Darcie estaba como hipnotizada por su acento del sur, por su altura y por sus ojos grises.

—Darcie Baxter. Y me dedico a... la ropa interior. Wunderthings Lencería Internacional.

—Qué bien. Pues uno de estos días podrías hacerme un pase privado.

—Ya te gustaría. Buenas noches, Cutter.

—Te traeré las llaves por la mañana. Encantado de conocerte, Darcie.

—Nos vemos.

Darcie se tumbó en la cama, sola otra vez, sonriendo.

—Esto es increíble. En Nueva York ni siquiera tienes que salir de tu apartamento para conocer hombres.

Una semana después, Claire entraba en la cocina a toda velocidad. Llevaba medias negras, sujetador negro (de Wunderthings, 24,95$) y una falda negra que colgaba, sin abrochar, de sus caderas. Después de comprobar que la leche ya estaba caliente volvió al dormitorio.

Samantha estaba llorando.

—¿Qué pasa, cariño? —murmuró, acariciando su barriguita—. ¡Peter!

—Aquí estoy. ¿Hay que cambiarle de pañal otra vez?

—Está empapada. Hazlo tú, por favor. Tengo que vestirme.

Su marido levantó una ceja.

—Podríamos quedarnos en casa esta noche.

—Tenemos que ir a la fiesta de Darcie. ¿Ha llegado la niñera?

—Llegará enseguida.

—Espero que esta vez no se traiga al novio. No me gusta nada.

—¿Tienes miedo por Danielle o por la cubertería de plata?

—Las dos cosas.

Peter se había convertido en un maestro con los pañales mientras a ella seguía resultándole difícil cambiar a Samantha, ponerle talco, pomada...

—¿Te das cuenta de que la última vez que hicimos el amor fue el año pasado?

—No exageres.

Un minuto después la niña estaba seca y sonrosada con su pañalito recién puesto.

—¿Podríamos hablar de esto en otro momento? ¿Y en privado? —sugirió Claire.

—Sam quiere que mamá y papá se abracen. ¿Verdad, cariño? Fíjate, ayer me preguntó si iba a tener un hermanito para Navidad.

—No lo creo. Estamos en abril.

—Podríamos intentarlo.

Lo decía en serio y a Claire se le encogió el corazón.

—Peter, apenas puedo con Samantha. Tardaré años en sentirme cómoda con la maternidad. Estoy muy disgustada conmigo misma y….

—Claire Spencer, la que lo quiere todo.

—Así soy yo, no puedo evitarlo. Normalmente hago bien las cosas…

—Sam te adora y yo también. ¿Qué más necesitas?

—Sentirme útil.

Peter arrugó el ceño. Estaba tan guapo con los pantalones oscuros y la camisa azul que a Claire se le hizo un nudo en la garganta. Sentía la tentación de quedarse en casa, de hacer el amor… ya casi ni se acordaba de cómo era. Suponiendo que su cuerpo funcionara después de haber tenido que sacar a una niña por la vagina.

—No puedo creer que hayas dicho eso. ¿Trabajar tres días a la semana y ocuparte de tu hija te hace sentir inútil?

—En la oficina soy el hazmerreír de todo el mundo. Con una mano el teléfono, con la otra dando de mamar a Samantha... y al otro lado del hilo me dicen: ¿Qué? No la oigo porque la niña está llorando —suspiró Claire—. Al final me despedirán.

—No se despide a una ejecutiva así como así —sonrió Peter.

—¿Dónde está mi blusa?

La mitad de las veces no recordaba dónde había puesto las cosas.

Su marido dejó escapar un largo suspiro.

—A lo mejor tienes razón, cariño. Deberíamos ir a la fiesta. Necesitas salir.

—¿Quieres decir que necesito un psiquiatra?

Peter se acercó con su blusa en la mano.

—Toma. Estaba encima de la cama. Curioso, cómo el rojo llama la atención en contraste con el blanco.

Claire hizo una mueca.

—Estaba despistada.

—Quizá sería buena idea visitar a un psicólogo —dijo Peter entonces—. Puede que tú no te acuerdes, pero yo sí. La última vez que hicimos el amor fue el día 24 de diciembre del año pasado. Hace mucho tiempo, cariño.

—¿Dónde está Claire? Me prometió que llegaría temprano.

En ese momento sonó el timbre y Darcie fue corriendo a abrir.

—Ah, hola Merrick.

—¿Llego temprano? Dijiste a las ocho.

—¿Has traído el whisky?

Él le dio una botella.

—Toma.

—Llévala a la cocina, por favor. Puedes ponerte una copa si quieres. Ah, y saca los aperitivos del horno, si no te importa. Debería hacerlo Annie, pero ha desaparecido.

—¡Se han quemado! —gritó Merrick un minuto después.

Pasando una mano por el ajustado vestido de color bronce, Darcie murmuró una maldición. Merrick Lowell estaba muy antipático desde que se mudó al apartamento y aquel día no parecía de mejor humor.

Y Annie eligió aquel momento para salir de la habitación con su novio motero. Era aterrador. Con una repugnante cazadora de cuero y un enorme pendiente en la oreja, el tipo daba miedo, pero Annie lo agarraba del brazo como si le fuera la vida en ello.

Los dos iban medio tambaleándose, con una sonrisa boba en los labios.

—Has quemado los aperitivos, guapa. Dile a tu amigo Harley que vaya a comprar más —le espetó Darcie—. Y date prisa. Los invitados están a punto de llegar.

O eso esperaba.

¿Y si no iba nadie?

Darcie no podría quejarse. Aperitivos quemados, humo en el pasillo y Merrick con cara de malas pulgas.

—No se llama Harley. Se llama Malcolm —replicó Annie.

—Pues dile a Malcolm que vaya a la tienda. Tú quédate aquí y coloca los vasos.

Darcie dejó escapar un suspiro. ¿Por qué Merrick iba por toda la casa como un animal enjaulado? Casi empezaba a rezar para que Cutter entrase por la ventana, cosa que hacía de vez en cuando.

Y su abuela también debería estar allí.

—Necesito nuevos amigos —murmuró.

Y cuando llegaron los invitados, estuvo segura. Nadie se mezclaba. Todos hablaban con la gente que ya conocían, como si temieran hacer amistades.

Harley… Malcolm volvió de la tienda y se dejó caer en un sillón, con Annie en las rodillas. Los demás se sentaron también y a Darcie se le encogió el corazón. Menuda fiesta. Al menos estaban bebiendo, pensó. Merrick se había tomado cuatro copas cuando dejó de contar. —¿Qué te parece el novio de Annie? —Es una adolescente, mándala a casa —contestó

Merrick, mirando alrededor—. ¿Quién es esta gente?

—Ya conoces a mi abuela. Y a Julio. Curiosamente, la abuela y su novio estaban discutiendo en voz baja. Aunque ya nada la sorprendía.

—Perdona, Merrick —se disculpó—. ¿Qué ocurre, abuela?

—Julio ha decidido que es demasiado joven para mí.

—¿No me digas? Oye, si le haces daño a mi abuela…

—Ah, eso me ayuda mucho —suspiró Eden.

—No es que ya no te quiera —le aseguró el moreno conserje—. Es que no quiero parecer… tu juguete.

—¿Mi juguete? Por favor, Julio… Si te he tratado alguna vez como un juguete…

—No, corazón. Pero es que soy mucho más joven que tú y…

—Eso es lo que más me gusta de ti.

—Bueno, pues eso, todo arreglado —sonrió Darcie, besando a su abuela.

Pero Julio estaba diciendo la verdad. Algún día la dejaría, sin remedio. Quisiera creerlo o no, su abuela tenía más de ochenta años.

—Han llegado tus amigos —le dijo Merrick.

—Sí, ya he visto a Claire tomándose la copa de un trago. Aquí pasa algo, seguro. Y Peter está de espaldas, hablando con Walt. Conoces a Walter Corwin, ¿verdad?

Merrick apartó la mirada. Parecía desorientado.

—Sí.

—Ven conmigo, voy a presentarte a Greta.

La chaqueta plateada de Greta Hinckley iluminaba la habitación. Dejando a Merrick en sus garras, Darcie entró en el dormitorio. Y, como una respuesta a sus plegarias, Cutter estaba entrando por la ventana, como de costumbre.

—No sabes cuánto me alegro de que hayas venido.

—No tenía sentido llamar al timbre como los demás.

Darcie vio que Merrick los estaba observando desde el salón.

—Estás muy guapa con ese vestido. El color bronce te sienta muy bien.

—¿De verdad?

Cutter nunca había intentado ligar con ella hasta aquel momento.

—Mejor que la chaqueta de cuero a tu hermana.

—Es de Harley... o como se llame. Está en una fase motera, pero se le pasará y...

Cutter la interrumpió con un beso en los labios. La noche empezaba a animarse, pensó.

Dylan llamó por teléfono poco después y Darcie tuvo que levantar la voz para hacerse oír.

—¿Qué tal la fiesta?

—Regular.

De repente, Darcie deseó que estuviera allí, con una cerveza en la mano.

—Una pena que no pueda acompañarte.

Cuando colgó, Darcie vio que la puerta se cerraba. Cutter le dio una copa.

—Un tío con un traje de Armani acaba de irse.

Merrick.

—¿Parecía enfadado?

—No, parecía… sorprendido.

—¿Por qué se ha marchado Merrick? —preguntó Eden—. ¿Alguien ha herido los sentimientos del niño mimado?

—Yo, supongo —suspiró Darcie.

—Hola, soy Eden —dijo su abuela entonces, mirando a Cutter—. Y él es mi enamorado —añadió, señalando a Julio.

Aparentemente, habían resuelto sus diferencias.

—Cutter Longridge, señora. Encantado.

—Ah, ese acento del sur… Darcie, tienes que invitar al señor Longridge a cenar.

—Abuela…

—Es mucho mejor que Merrick. Tu gusto está mejorando.

Después de decir eso desapareció con Julio, que la miraba con adoración.

En ese momento Darcie descubrió que Walt y Greta hablaban animadamente, mirándose a los ojos.

¿Mirándose a los ojos?

Alguien empezó a golpear la pared para quejarse del ruido.

—Una pena que Merrick se haya marchado —suspiró Claire—. O sea, todo lo contrario.

—¿Peter y tú estáis bien?

—¿Peter qué?

—No seas boba. Vamos a dar una vuelta.

Eden y Julio estaba bailando una samba y alguien había apagado la luz. En la esquina, Annie y Harley se besaban.

—¡Tu hermana se está quitando la blusa!

—¿Qué? Ay, Dios mío.

Cuando Annie empezó a mover los pechos delante de todo el mundo, Darcie deseó que se la tragase la tierra. Decepcionada con Merrick, con su hermana, con la fiesta y con la vida en general, dejó escapar un gemido de angustia.

Unos minutos después llegaba la policía.

Capítulo trece

—CASI meto la pata —suspiró Darcie.

El lunes por la mañana llegó a la oficina convencida de que todo el mundo se reía a sus espaldas. Seguramente se habrían enterado de que los policías estuvieron a punto de detener a Annie por comportamiento inmoral.

—Ya me imagino a mis padres obligándonos a hacer las maletas para volver a Cincinnati.

Darcie se detuvo en seco. Casi no reconocía a la persona que estaba sentada frente a su escritorio. Falda recta negra, blusa de seda roja, moño francés.

—Pensé que el rojo te sentaba mal.

Greta Hinckley levantó la mirada.

—Walter me ha dicho que es su color favorito.

—Ah, ya. Puede que esta sea una pregunta tonta, pero ¿qué haces sentada en mi escritorio?

—Estaba dejándote una nota. Quería darte las gracias.

—¿No será mi carta de dimisión lo que

estás escribiendo?

Greta la miró, dolida.

«La gente cambia», pensó Darcie. ¿O no?

—Lo siento. Estás muy guapa, por cierto. El pelo te ha quedado estupendo.

El tono castaño con reflejos rubios acentuaba el verde de sus ojos. Y Darcie no se había fijado hasta entonces en los ojos de Greta. Ni ella ni nadie.

—Pero no es sólo el pelo.

—Creo que Walter se ha dado cuenta.

Por supuesto que sí. Darcie no había pensado que eso podría ocurrir, pero... al fin y al cabo, era un hombre.

—Vi cómo te miraba en la fiesta.

—Me llevó a casa —dijo Greta en voz baja.

—¿Hasta el Bronx?

—En un taxi. Y luego me pidió que saliera con él.

—Lo dirás de broma.

—Anoche cenamos juntos —sonrió su compañera, levantándose.

Darcie echó un vistazo a la nota:

Tienes mi gratitud eterna. No podría haberlo hecho sin ti. Pídeme lo que quieras. Gracias, Darcie. Gracias.

—Yo no he hecho nada, mujer. Es la ropa, el pelo... yo creo que has creado una nueva

Greta Hinckley.

O eso esperaba hasta que aquella tarde entró en el despacho de Walter Corwin y lo sorprendió con una sonrisa boba en los labios. También él estaba leyendo un informe de Greta y una sospecha se instaló en su corazón.

—¿Qué es eso?

—¿Eh? Ah, un informe sobre la tienda de Sidney.

—¿Redactado por Greta?

—Es brillante —contestó él, orgulloso—. Propone una fiesta de inauguración en la que se incluya como premio un fin de semana en el hotel Westin…

—¿Puedo ver ese informe?

Por supuesto, Greta había intentado engañarla con la notita de agradecimiento para después golpearla en plena cara con «nuevas ideas» para la tienda de Sidney. Por supuesto, eran ideas suyas pero Darcie no podía decírselo a Walt. Parecería mezquina.

Le había comentado a Greta la idea de la fiesta cuando fueron de compras. ¿Cómo podía ser tan tonta?

—Así que anoche cenasteis juntos, ¿eh?

—¿Te lo ha contado ella? Siempre había pensado que Hinckley era rara, pero tenemos muchas cosas en común... bueno, da igual. Sólo ha sido una cena. Y ahora, en cuanto a lo de Sidney...

—El otro día le dije a Greta que deberíamos trabajar juntas en este proyecto —sonrió Darcie con su expresión más inocente—. De hecho, me alegro de que te haya pasado este informe.

Evidentemente, lo de la miel y las moscas no estaba funcionando nada bien. Pero su abuela no estaba del todo equivocada. Además de darle una nueva imagen, quizá la ropa le había dado un alma a la fastidiosa Greta Hinckley. ¿Tendría esa suerte?

—He pensado que Greta podría organizar la fiesta —dijo Walt entonces.

—Claro, excelente.

Walter pasó una mano por su escaso pelo.

—Me sorprende. ¿Qué estás haciendo tú?

—Estoy investigando.

—¿Qué?

Darcie contuvo el deseo de ponerse a gritar. Estaba claro que empezaba a perder el apoyo de su mentor.

—Es un secreto. Te lo contaré mañana.

—Cuéntamelo esta tarde, antes de irte a casa. No sé si Greta te lo ha contado, pero han llamado de la fábrica de Melbourne para decir que los maniquíes no estarán listos el día la inauguración.

—Yo me encargaré de eso personalmente.

¿Habría creado un monstruo? La venganza de Greta podría ser Walter Corwin.

—Eso espero —dijo su jefe.

Asustada, Darcie se lanzó sobre el ordenador. Primero comprobó el correo electrónico. Dylan le había enviado la foto de una oveja: Darcie II. Suave, blanca, con los ojos profundos...

—Puedo hacerlo —murmuró.

La oveja era como una señal. Entró en un buscador y escribió las dos palabras que necesitaba «artesanía aborigen».

Darcie miró alrededor para comprobar que Greta no estaba por allí. Las fotografías que aparecieron en la pantalla, de colores ricos, con dibujos geométricos, despertaron su creatividad.

La noción estaba en su cabeza desde que Dylan la llevó a una tiendecita en la calle Crown. Australia era un país de fuertes y genuinas tradiciones y eso era lo que debían vender en Sidney.

Darcie siguió mirando páginas, pero no estaba satisfecha. Necesitaba algo más auténtico. Necesitaba... diseños originales, pintados a mano, algo hecho exclusivamente para Wunderthings. Si encontrase la fábrica adecuada...

Entonces decidió llamar a Dylan.

Casi podía verse con el billete de avión en la mano, en Sidney, con él esperándola en el aeropuerto, presentándole a los grandes artistas... llevándola a la cama de nuevo. No sólo tendría su voz, sino sus manos, su boca...

—Hola, soy Dylan. Está llamando al rancho Rafferty. Por favor, deje su mensaje después de la señal.

Darcie lo hizo y colgó.

—Necesito ese informe, Baxter —oyó la voz de Walt, a su espalda.

—¿Ahora mismo?

Sólo habían pasado sesenta minutos.

—Tengo que hablar con el consejo de administración en menos de media hora.

—Lo tendrás a las cuatro —murmuró Darcie, tecleando como una posesa.

Cuando terminó el breve informe y firmó al final de la página, estaba sonriendo.

Diseños originales, sedas estampadas, ropa interior inspirada en las tribus aborígenes. Hechas en Australia.

Era la mejor idea que había tenido en muchos años.

—Y es toda mía.

Darcie entró en su apartamento y suspiro, aliviada, al comprobar que Annie no estaba por allí.

El fin de semana anterior Cutter y ella habían ido a Soho para comprar un moderno sillón, que tuvieron que llevar por la calle, entre risas, porque no cabía en un taxi. Y el sábado tenían planeado alquilar una furgoneta para ir a Pensilvania, donde Cutter juraba haber visto un armario antiguo a buen precio.

Sólo eran amigos, pero Darcie disfrutaba mucho de su compañía.

Suspirando, se sentó en la cama para quitarse las botas...

—Cuidado, cariño. Estoy intentando dormir.

Ella se volvió, asustada.

¿Por qué su vida era tan rara?

—Cutter, ¿has estado bebiendo?

—Me duele la cabeza... y el estómago.

Darcie le tiró una almohada.

—Como vomites en mi cama tu estómago será el último de tus problemas. ¿Huelo a cerveza?

—He estado en un bar en Chelsea. Acaban de inaugurarlo y daban dos cervezas por el precio de una.

—Ojalá hubiera estado yo allí. Cutter sonrió. Incluso despeinado y medio borracho era guapísimo.

—A ti no te gusta la cerveza.

—¿Hay alguna razón para tu visita?

—Me he dejado las llaves dentro. Otra vez.

—Cutter, no deberías entrar por mi ventana. No está bien.

Darcie salió del dormitorio y se sentó en el sofá del salón. Un minuto después, Cutter apareció con un chándal negro, una camiseta rota y una sonrisa tan brillante que casi parecía increíble que estuviera borracho.

—He venido corriendo para que se me pasara la cogorza. Y como este pantalón no tiene bolsillos se me olvidó la llave.

—Ya, claro.

—Sabía que llegarías a casa a esta hora.

—¿Cómo lo sabías?

—Tu hermana sale todas las noches, pero tú no.

¿Recuerdas esos guantes blancos que las niñas solían usar para la clase de baile?

—No —contestó Darcie. —Mi madre me hacía ir a clase de baile cuando era pequeño.

—¿Y?

—Siempre he imaginado que tendrías un cajón lleno de guantes.

—¿Qué quieres decir?

—Que eres muy buena chica. Y que no te

importa que entre por tu ventana.

Darcie levantó los ojos al cielo. De modo que Cutter no tenía intención de compartir la cama con ella. Pues mejor.

Horas después de que el molesto vecino se hubiera ido a su apartamento, Darcie seguía mirando al techo.

Francamente, no entendía su relación. Tonteaba con ella, incluso le dio un beso en la fiesta, pero…

Se sentía más como la prima Darciebelle de Atlanta que como futura novia de Cutter.

Suspirando, tomó el teléfono inalámbrico. No había podido hablar con Dylan y debía hacerlo lo antes posible.

¿Qué hora sería en Australia? ¿Por la tarde, al día siguiente?

—Si tengo que despertarlo, lo haré.

—Rancho Rafferty —oyó una voz de mujer.

Muy bien. Tranquila. Debía ser su madre.

Pero si lo era, ¿por qué su voz sonaba tan joven? ¿Y tan sexy?

—¿Señora Rafferty?

La mujer rió al otro lado del hilo.

—Aún no. Dígame.

—Pues… ¿le importaría decirle a Dylan que ha llamado Darcie Baxter?

—Se lo diré.

Darcie colgó, con el corazón en la garganta.

—Muy bien. No entiendo ni a Merrick ni a Cutter.

El problema con Dylan Rafferty, sin embargo, parecía perfectamente claro.

Capítulo catorce

—OTRA triste sorpresa en mi vida —suspiró Darcie para sí misma.

Una mujer había contestado al teléfono. Una mujer de voz sexy que, evidentemente, tenía planes de matrimonio con Dylan.

¿Por qué había esperado que le fuese fiel? Después de todo, ella seguía viendo a Merrick Lowell. Y cuando aparecía por la ventana, a Cutter Longridge.

Tres días más tarde, aún esperando una respuesta de Dylan, Darcie miraba el ordenador. Dos semanas en Sidney no significaban una relación que, además, ella no había deseado. ¿O sí?

Quizá debería olvidarse de los hombres. Para siempre. Eran absurdos, como su vida.

Walt Corwin apareció en ese momento como el genio de la lámpara. Y tenía cara de mal humor. Darcie casi prefería la expresión de tonto enamorado. Afortunadamente, Greta no estaba en su mesa.

—¿Qué sabes de los maniquíes?

—Mejor no te lo cuento.

—Darcie, cuéntamelo.

Sus ojos azules parecían más pálidos que A.G. (antes de Greta).

—No quiero un informe mañana por la mañana. Necesito que me lo cuentes ahora.

—¿Otra reunión con el consejo?

—No, pero tengo que dirigir un negocio. Con tu ayuda, espero. ¿Qué está pasando aquí? Llevas toda la semana con cara de pena, como una adolescente que espera la llamada de su novio.

Como aquello estaba muy cerca de la verdad, Darcie no dijo nada. Como si pudiera llamar novio a Dylan Rafferty…

—¿Tienes problemas con Lowell? Venga, Baxter. Si tienes un problema, yo estoy aquí para ayudarte.

Ella dejó escapar un suspiro.

—El problema es que la empresa Paramatta no puede enviar los maniquíes hasta dos semanas después de la inauguración.

—¿Por qué?

—¿De verdad quieres saberlo? Te advierto que…

—¡Darcie!

—No te va a gustar.

—Suéltalo ya.

—Greta cambió la fecha en la orden de pedido.

Walt se quedó mirándola como si no hubiera oído bien.

—¿Greta?

La suavidad con la que había pronunciado ese nombre era aterradora. Evidentemente, seguían viéndose fuera de la oficina y a Walt no le haría ninguna gracia saber que «su chica» era una ladrona y una mentirosa. Después de darle consejos sobre ropa y maquillaje, después de confiar en ella, Darcie no podía culpar a nadie más que a sí misma.

¿A quién creería Walt, a Greta o a ella?

—¿Estás intentando decirme que Greta Hinckley te odia tanto que está intentando sabotear la inauguración?

—Tú lo has dicho, no yo.

—¿Y por qué haría eso?

—Para vengarse.

—No me lo creo.

Darcie suspiró. Sentía como si estuviera ahogándose con sus propias medias.

—Greta llamó a la empresa Paramatta. Puedes comprobarlo tú mismo.

—Supongo que debió anotar mal la fecha...

—Me temo que lo ha hecho a propósito.

Walt se pasó una mano por el pelo.

—¿Y por qué iba a hacer eso? ¿Por qué iba a dejarnos sin maniquíes?

—No lo sé.

Su jefe golpeó el escritorio con la mano.

—Greta y tú lleváis años siendo rivales y

estoy empezando a preguntarme quién tiene la culpa. Me pregunto quién roba los informes a quién y quién toma prestadas las ideas…

Darcie lo miró, atónita. Pero no podía decir nada porque él no la creería.

—Pues tendrás que descubrirlo por ti mismo, Walt. La línea de ropa interior con diseño aborigen… ¿te gusta la idea?

—Si podemos conseguir que el primer pedido esté listo para el día de la inauguración, sí. ¿Qué sabes de las licencias?

—Estoy trabajando en ello.

—O sea, que aún no lo tienes solucionado.

—Estoy barajando varias posibilidades. En cuanto tenga las cifras del presupuesto…

—Me enviarás un informe.

—Mejor que eso, te lo daré en mano —sonrió Darcie—. Entraré en tu despacho y te lo daré personalmente.

—Ya, claro.

—Walt, puedo hacerlo. Te lo prometo.

—Espero que no te cargues a Greta en el proceso.

—¿Eso es una advertencia?

—No. Es una amenaza, Darcie.

—¿Quieres decir que mi trabajo depende de ello?

—Tú lo has dicho. No yo.

—¿Lo ha dicho en serio? —le preguntó Cutter por la noche.

Estaban tumbados en la cama. Annie no había ido a cenar, como ya era costumbre, y su vecino de arriba estaba empezando a convertirse en una necesidad para Darcie. Como Julio para su abuela.

—Walt siempre habla en serio.

—Pues debería relajarse un poco.

Cutter la abrazó entonces, respirando el olor de su pelo. Su proximidad la hizo sentir un escalofrío, pero intentó ignorarlo. Merrick no había llamado y, por supuesto, Dylan tampoco. Tanta charla sobre un embarazo imaginario, tanto coqueteo nocturno... ¿cómo podría sobrevivir incluso una amistad a tan larga distancia?

—¿Sabes que cuando estás enfadada tus ojos parecen castaños? —preguntó Cutter entonces—. Cuando estás contenta son verdes... tienen muchos tonos. Como tu personalidad.

—Ya.

—¿Lo ves? Esta noche no estás contenta y se te nota. ¿Por qué? No es sólo por Walt Corwin.

—Estoy asombrada. ¿Qué he hecho yo para merecer un hombre tan comprensivo como tú? Un hombre sensible, perceptivo, de menos de cuarenta años, con un corazón de oro y un cuerpo muy sexy...

—No cambies de tema.

—A veces me pregunto si eres real. Por favor, un tío que entra por la ventana de mi dormitorio como si fuera un sueño... y ahora es uno de mis mejores amigos. Mi confidente, mi confesor.

—¿Tu confesor?

—Amable, considerado, el mejor partido del estado...

—Deberías casarte conmigo —sonrió Cutter.

El pulso de Darcie se aceleró.

—Vaya, un hombre que habla de matrimonio. Ahora sí que estoy perdida.

—Y sigues evitando el tema.

—¿Cuál?

—Tú misma. Eres una chica amable, bien educada, decente, que tiende a no creer en sí misma. Y eres una...

—Ingenua.

—Pues sí, también —sonrió él—. Puedes contármelo todo. Al fin y al cabo, soy tu confesor, ¿no? ¿Qué pasa, Darcie? ¿Te han roto el corazón?

—Me rompen el corazón todos los días. Es lo que pasa por ser ingenua.

—Sigue hablando. Te lo sacaré tarde o temprano.

Ella dejó escapar un suspiro.

—No hay nada que contar —dijo, apoyando la cabeza en su hombro. Y entonces, sin darse cuenta, empezó a hablarle de Merrick, de Jacqueline, de Walt Corwin, de Greta, de Dylan…

—Yo diría que tu australiano te echa tanto de menos que se ha buscado una novia temporal. Pero lo lamentará.

—La verdad es que yo no quería seguir con él.

—¿No?

—No, es demasiado tradicional. Victoriano casi. Cree que las mujeres deben quedarse en casa.

—Embarazadas todos los años. Mi padre piensa lo mismo.

—Pero tú no.

—Yo creo que las mujeres deben hacer lo que les venga en gana —sonrió Cutter—. Y diría también que Merrick Lowell tiene demasiadas cosas en mente después de su divorcio y que Walt piensa con el pito, no con la cabeza.

Darcie soltó una carcajada.

Y entonces Cutter la besó. Como un amigo. Su boca era cálida, como su voz, como su acento y Darcie pensó lo fácil que sería enamorarse de él.

Adiós a Walt, a Wunderthings, a los diseños de estilo aborigen.

Adiós a Greta Hinckley para siempre.

—Estás suspirando. ¿Hay algo más?

—No. Ya te lo he contado todo. Me he desnudado.

—Ya me gustaría verla desnuda, señorita Darcie —rió Cutter—. Podríamos jugar a los médicos.

¿Estaba bromeando? Sí, seguramente.

—Muy gracioso.

—Perdona. No suelo decirle esas cosas a las mujeres. ¿Qué me estás haciendo? Aún no me he recuperado del beso de la fiesta... pero tengo que decirte una cosa.

—¿Qué?

—No se me da bien hacer de sustituto de otro hombre. Rafferty o Lowell. Tengo la impresión de que no soy rival para ellos. Míranos, tumbados en la cama sin hacer nada. ¿Cuántos hombres de sangre caliente podrían estar en la cama con una mujer tan guapa como tú y no hacer nada ni remotamente escandaloso?

—Hablas como Rhett Butler.

—Soy Rhett Butler —sonrió Cutter—. Mi madre siempre dice que ha criado a sus hijos para que sean unos caballeros...

—Claro, por eso entras por mi ventana.

—No le hago daño a nadie.

Darcie sonrió.

—Yo no estaría tan seguro.

—Disfruta de mí mientras puedas. No creo que esté por aquí mucho tiempo —dijo Cutter entonces, poniéndose serio—. Tengo que hacer un proyecto y, si no lo aprueban, me echarán de la empresa.

—¿Tu trabajo está en peligro?

—Eso dice mi jefe.

—Lo siento, Cutter. Pero lo harás bien, ya verás. Seguro que hasta te ascienden. Y me encanta que vengas a visitarme, pero... ¿tienes móvil?

—Sí.

—Pues la próxima vez que te dejes las llaves llámame desde el móvil y te abriré la puerta.

—Imposible.

—¿Por qué?

—Porque se me cayó al suelo esta noche, cuando subía por la escalera de incendios. Sí, lo siento, tengo muchos accidentes. Aquel hombre era incorregible.

—No sé cómo decirte esto, pero una de estas noches podrías encontrarte la cama ocupada.

—¿Otro tío? ¿Lo ves? Por eso me necesitas. Para que te proteja.

—Bueno, es posible. Nunca se sabe. Él sonrió y Darcie sonrió también. Le gustaba que apareciese así de repente, le gustaba contarle sus cosas.

—Entonces... —Cutter acarició su cuello. Era cálido, desde luego. Era el tipo de hombre con quien debería quedarse para siempre—. ¿Vamos a dejar que esto se convierta en algo apasionado o debemos seguir siendo amigos?

—Ya veremos, señor Butler.

—Eso digo yo, señorita Escarlata.

Annie se sentía como Cenicienta en el baile, sin su príncipe... sin nadie que la llevara a casa. Cuando entró en el apartamento, descubrió que Darcie la estaba esperando despierta. Y enfadada.

—¿Qué pasa? ¿Cutter te ha echado de la cama?

Annie había pasado la noche con Malcolm (Harley) y un montón de amigos. Exhausta, aún un poco borracha y totalmente desilusionada con la vida, se dejó caer en el sofá.

—¿Por qué llegas tan tarde?

—¿He violado el toque de queda otra vez? Ponme una multa. Me fui de casa para evitar estos interrogatorios, Darcie, pero mamá y papá son unos aficionados comparados contigo.

—Annie...

—La hora a la que llegue a casa es asunto mío.

—En Nueva York, no. Annie, cualquier día encontraremos tu cuerpo flotando sobre las aguas del Hudson. ¿Y qué le diré entonces a mamá?

—Que ya no tiene que pagar mi parte del alquiler.

¿Quién iba a echarla de menos?

—No digas burradas.

—No es ningún secreto que no me quieres aquí.

Darcie arrugó el ceño.

—Si limpiaras tu habitación, si hicieras algo. Annie, tienes veintitrés años, ya es hora de que…

—Por favor, pareces mamá.

No tenía ganas de discutir, especialmente aquella noche. No quería oír el tono desaprobador de su hermana.

—¿Es culpa mía que nadie me ofrezca un trabajo decente?

—Tienes que seguir buscando. Ve a otra agencia, mira en el periódico. Eres inteligente, Annie. Usa el cerebro para hacer algo más que abrir latas de cerveza. Tienes que concentrarte en algo. Tienes que pensar en el futuro.

—Estoy viviendo la vida —replicó su hermana.

Pero entonces, ¿por qué no dejaba de pensar en Cliff, su novio de Cincinnati? El serio y callado Cliff.

Darcie le puso las dos manos sobre los hombros.

—Eres una buena persona, pero... no puedes seguir así.

—¿Qué significa eso?

—No me gustan tus amigos y no los quiero en casa. No me gustan tus piercings ni el tatuaje que llevas en el culo... ¿Cómo se lo vas a explicar a mamá?

—Yo no tengo que darle explicaciones a nadie. Pero tampoco lo estoy pasando bien, Darcie. Quería venir a Nueva York para... para ser como tú.

—¿Cómo yo? La tienda de Sidney es un lío de proporciones gigantescas y puede que dentro de unos días me haya quedado sin trabajo. No sé qué quiero...

—¿No?

—No. Así que no deberías ser como yo —sonrió Darcie—. Pero esto no cambia lo que acabo de decirte. Tienes que buscar trabajo.

—¿O qué? —la retó Annie.

—O te mando de vuelta a casa.

—¡No puedes mandarme a casa! Yo tomo mis propias decisiones.

—Pues entonces actúa como una adulta.

—Si tú no estás segura de tu vida, ¿por qué tengo que estarlo yo?

—Porque somos diferentes y porque cuento contigo.

Annie se quedó atónita.

—No digas eso, Darcie. Tú eres mi ídolo.

Las dos se quedaron en silencio. Había dicho la verdad por fin y... ¿por qué no? Desde que llegó a Nueva York estaba escondiendo su secreto, como lo escondía desde que era pequeña. «Soy un fraude, tú eres la auténtica».

—¿Qué has dicho?

—¿Cómo voy a estar a tu altura?

«Ella es la original y yo la fotocopia».

—¿Qué quieres decir, Annie?

—Puede que tengas problemas, Darcie, pero también tienes amigos de verdad, como Claire. Tienes un buen trabajo, sales con hombres que te invitan a una copa y no te sacan el dinero...

—¿No me digas que Harley...?

—Malcolm. He tenido que venir andando a casa —murmuró Annie, con un nudo en la garganta—. Y no eres tan ingenua como crees. Enseguida te diste cuenta de cómo era ese idiota. Si yo me hubiera dado cuenta...

—Pero tú eres fuerte, cariño. Yo admiro eso en ti.

—Si soy tan fuerte, ¿por qué me duele que me haga esas cosas? Darcie le pasó un brazo por los hombros.

—Es un imbécil. ¿Cómo puede tratarte de esa forma?

Deberíamos achucharle a Baby Jane...

Annie soltó una carcajada. Darcie la había defendido toda la vida. La había protegido, escondía sus travesuras. Pero ya no eran unas niñas.

Quizá tenía razón. Quizá había llegado el momento de hacerse mayor. Quizá incluso debería darle las gracias a Harley por hacer que viese las cosas claras. —Te quiero, Darcie. —Yo también.

—Siempre he querido ser como tú. Pero no sé cómo hacerlo.

Se quedaron calladas un momento, pensativas las dos.

—¿Sabes una cosa? —dijo Annie entonces—. Venir a Nueva York ha sido la gran aventura de mi vida, pero entonces conocí a Malcolm... ay, por favor, ni siquiera sé cómo se llama de apellido. Llevo un tatuaje en el culo que ni siquiera me gusta... —los ojos de Annie se llenaron de lágrimas— y los piercings...

—No llores, tonta.

Annie ya no sabía si reír o llorar. Se sentía patética.

—Soy un caso clínico. Debería volver a Cincinnati y...

—Dilo.

La verdad, tenía que decir la verdad.
—Quiero volver a casa, Darcie.

Capítulo quince

AL día siguiente, Darcie estaba entrando en casa cuando sonó el teléfono. La voz masculina envió un escalofrío de deseo y de pena por su espalda. Dylan Rafferty la afectaba, desde luego.

—Ella me recuerda a ti.

—Eres un gilipollas.

¿Pensaba que era tan tonta?

—¿Estás enfadada conmigo? Darcie, deja que te explique…

—No, los dos somos adultos, independientes. Tú puedes hacer lo que te dé la gana. No tenemos ningún compromiso, Dylan. Sólo quiero saber dónde estamos.

Dylan bajó la voz.

—¿Qué llevas puesto?

—Una armadura.

—No, en serio.

—Una armadura de cuerpo entero. Con coraza.

A pesar de todo, la seductora voz de Dylan era una tentación. Si seguía hablando con él acabaría derritiéndose, acabaría olvidando a la mujer que, sin duda, pronto iba a convertirse en su esposa. Darcie se dio cuenta de que la única forma de controlar la conversación era hablarle de la artesanía aborigen.

—Te llamé por una razón…

—No necesitas una razón para llamarme, cariño. Esa mujer no significa nada para mí.

—Qué pena.

—Ligamos en un bar la última vez que estuve en Sidney.

—Eso me suena —dijo Darcie, irónica.

Pero le daba igual. Estaba decidida a hablar de negocios. Inmediatamente.

Le explicó sus ideas para la nueva línea de ropa interior y su necesidad de encontrar un auténtico diseño. Cuando terminó, Dylan se quedó en silencio durante unos segundos.

—Conozco a un tipo… Henry Goolong. Vive cerca de aquí. Suele hacer instrumentos musicales, pero supongo que podría hacer cosas estupendas con tus bragas… y por un precio razonable.

—Podríamos firmar con él un buen contrato…

—Y tú conseguirías lo que quieres sin llevar a tu empresa a la ruina.

—¿Podrías darme su número de teléfono?

—Sí. ¿Tienes un bolígrafo?

Dylan le dio el número como si se diera cuenta, por primera vez, de lo importante que era su carrera para ella. Mientras anotaba, Darcie intentaba no dejarse influir por su voz ronca y masculina, una voz que siempre la había excitado. Nunca más, se dijo a sí misma.

No le había sorprendido oír una voz femenina en su casa, ni saber que Dylan se acostaba con otra. ¿Iba a quedarse solo, esperando a una mujer que quizá jamás volvería a Australia?

—Gracias.

—De nada —replicó él, burlón.

—Lo llamaré. A una hora razonable, claro.

—Muy bien.

—Agradezco mucho tu ayuda. Y dile hola a Darcie de mi parte. —Lo haré, pero... oye, Matilda... —Adiós, Dylan. Darcie colgó con un nudo en la garganta. Se había terminado. La relación que ni siquiera empezó nunca.

Quizá se quedaría soltera para siempre. Quizá dejaría de buscar al hombre de su vida, que seguramente no existía.

Tantos sueños, tantos fracasos...

Claire estaba guardando sus cosas cuando Darcie entró en su despacho.

—¿Qué haces? ¿Han vuelto a ascenderte? Seguro que esta vez te dan un despacho desde el que se vea Central Park.

—He dimitido.

Darcie la miró, perpleja.

—¿Qué?

—Mira, te lo diré claramente: no puedo pasarme toda la noche pendiente de mi hija y después venir a trabajar a las ocho. No puedo hacer la cena, hacer la colada y después venir encantada a la oficina. Los hombres prometen amor, se casan contigo, tienen hijos… y después no quieren saber nada.

—¿Que vas a dejar tu trabajo?

—Sí —contestó Claire.

—Pero Seguros Inheritance eres tú… y viceversa.

—Ya no —sonrió su amiga, mirando a Samantha—.

Estoy haciendo todo lo posible para ser una madre decente. Ahora mismo no puedo hacer nada más. —Peter te ha dado un ultimátum, ¿verdad?

—No. Es que ya no puedo soportar la situación. Necesito tiempo con Samantha, tiempo para descansar, tiempo para… perderlo.

—Siempre pensé que te sacarían de aquí en camilla a los noventa años, aún hablando por el móvil.

—Qué ideal.

—Es verdad. Siempre estás intentando tenerlo todo listo, hacerlo todo, controlarlo todo…

—He recuperado el sentido común.

Claire sonrió a su hija, que le devolvió una sonrisa sin dientes.

—¿Lo dices en serio?

—Sólo yo me ocupo de la niña.

—¿Peter no hace nada?

—Hace lo que puede. Pero he tomado esta decisión por mi cuenta —suspiró Claire, guardando sus cosas en una caja—. Peter aún no lo sabe, aunque supongo que se alegrará de tenerme en casa. He entrevistado a todas las niñeras de Nueva York y no me gusta ninguna. No me queda un traje limpio y estoy de los nervios…

—Yo también —suspiró Darcie, dejándose caer en el sofá.

—¿Qué te pasa?

—Annie. Echa de menos Cincinnati. Incluso creo que echa de menos a mis padres y esta mañana la he visto mirando la foto de su ex novio. La otra noche tuvimos una bronca porque se niega a buscar trabajo y, al final, me dijo que estaba pensando en volver.

—Pero si Annie se va, tú tendrás que pagar todo el alquiler.

—No te importará que Samantha venga a vivir conmigo durante los próximos dieciocho años, ¿verdad? Te haré buen precio.

Así criaría a Sam y no tendría que pensar en casarme y tener hijos…

—No me tientes —sonrió Claire—. Vamos a ver, tenemos una hermana que no quiere buscar trabajo, una amiga que acaba de dimitir del suyo…

—Y mi abuela. No te olvides de mi abuela —la interrumpió Darcie—. Ha vuelto a enfadarse con Julio. Me llamó el otro día deshecha en lágrimas… en fin, lo de siempre. Bueno, tengo que volver al trabajo, pero antes quería pasar por aquí para hablar con la voz de la razón.

—Ja.

Claire sacó otra caja, parpadeando furiosamente. Y Samantha debió darse cuenta de que pasaba algo porque se puso a llorar.

—Las mujeres, desde los dos meses a los ochenta años, están desquiciadas. ¿Hay alguien en alguna parte que sepa cómo vivir la vida?

—Y cómo soportar a los hombres.

—Lo sabía. Sabía que habías venido por eso.

—Ayer hablé con Dylan.

—Oh, cielos. Te ha pedido perdón, ¿no? La mujer que contestó al teléfono era su madre o su prima…

—No. Era exactamente lo que yo pensaba.

—¿Tiene otra novia?

—Claire, yo nunca he sido su novia. Pasamos dos semanas estupendas en Sidney... Samantha seguía llorando y Claire la tomó en brazos. —¿No te pidió perdón?

—Lo intentó, pero ¿para qué? Sólo ha sido sexo.

—Si yo tuviera libido también me gustaría —suspiró su amiga.

—He leído en alguna parte que cuando estás amamantando puedes perder el deseo sexual.

—¿Te importaría decirle eso a Peter?

—Claro, si me invitas a cenar... me encanta el pollo a la florentina, ya lo sabes.

—Si te quedas con Samantha mientras yo salgo a tomar una copa con Peter, te preparo lo que quieras. Ha estado en San Francisco toda la semana.

—Ah, ya lo entiendo —dijo Darcie entonces—. Te has vuelto loca porque llevas varias noches sola.

—No, no me he vuelto loca. He decidido no volver a trabajar hasta que Samantha sea un poco mayor. Tengo mucho tiempo...

—Podrías perder tu capacidad profesional, Claire. Y, desde luego, perderías tu puesto.

—Perdí mi capacidad profesional cuando el ginecólogo me dijo que había salido la cabeza —suspiró su amiga—. Pero no pasa nada. Yo adoro a Samantha, ¿verdad, cariño?

Sí, mamá te quiere. No pasará nada. Todo va a salir bien.

Darcie soltó una risita.

—¿Y qué vas a hacer todo el día?

—Iré al parque, como otras madres, jugaré con Sam en la arena...

—La semana que viene te estarás comiendo las uñas.

—De eso nada. Además, ¿y tú qué?, doña Independiente, que no necesita un hombre para nada, pero no sabe qué hacer con su vida. Además, tienes mala cara. Y creo que ese Rafferty te gusta mucho más de lo que dices.

—Me pone, pero no es el hombre de mi vida. Y mira quién habla —dijo Darcie, señalando las cajas—. Vas a abandonar lo que te ha hecho feliz desde que te conozco.

—Estamos hechas polvo. Tú, yo, Annie, incluso Eden, que sabe más de la vida y de los hombres que nosotras tres juntas.

—Y no te olvides de Greta.

—Ah, Greta. Esa está peor que nosotras.

—Supongo que hacemos lo que podemos. Así es la vida.

Aquella mañana, después de presentar su carta de dimisión, Claire se había sentido libre, independiente. Pero en aquel momento ya no estaba tan segura.

—Darcie, eres como Pollyanna.

Darcie llegó a la oficina a las diez y encontró a Greta saboteando sus esfuerzos para negociar un acuerdo con Henry Goolong. ¿Por qué no aprendía nunca?

No se podía confiar en esa mujer.

—¿Le has contado esto a Walt?

—Pensé que ahora trabajábamos juntas, Darcie. Y como tú no estabas aquí, creí que no te importaría que yo…

—Pues sí me importa.

Afortunadamente no había hecho ningún daño. Henry aceptó enviarle cuatro diseños por correo electrónico antes de que el contrato estuviera firmado y eso era lo que Greta estaba espiando.

Darcie debía hacer los planes de producción a toda prisa para que estuvieran listos el día de la inauguración.

—¿Y si no firma el contrato? —preguntó Greta, como si esperase algún problema. Problema que orquestaría ella misma, claro.

Había creado un monstruo.

—Firmará.

A las seis, Darcie salió de la oficina, aún furiosa. Merrick la había llamado tres veces, pero estaba demasiado ocupada como para hablar. Y en aquel momento él no contestaba ni al móvil ni al teléfono de casa. Como tenía su dirección, decidió ir a visitarlo. Podrían pedir comida china, ver una película, charlar... sobre su relación, incluso sobre la odiosa Greta.

Darcie paró un taxi, pero, como era habitual en Nueva York, el taxista pasó de largo.

—No sé si estoy más enfadada con Greta Hinckley o conmigo misma. Si no hubiese ido a ver a Claire, habría llegado a tiempo a la oficina. ¿O debería sentirse aliviada? Francamente, había esperado juego sucio desde que volvió de Australia.

Debería tomar el ferry e ir a ver a su abuela. Eden la consolaría con algún pastel de los suyos. Su pelea con Julio, la de ella con Greta acabarían convertidas en minucias.

Por fin, un taxi se detuvo a su lado.

—A la calle Setenta y ocho y Park, por favor.

Sin comentarios. Quizá el taxista no hablaba su idioma, algo también muy corriente en Nueva York. Darcie observaba las luces de la ciudad agarrándose al asiento con las dos manos mientras el taxi se abría paso entre los coches.

Quince minutos después, el conserje la anunciaba por el telefonillo.

—Dígale que suba —oyó la voz de Merrick.

¿Y si tenía invitados? No se le había ocurrido. A lo mejor estaba jugando al póquer con sus amigos. Tomando cervezas y diciendo tacos. Pero no, eso lo haría Dylan.

¿Y si tenía una chica en su apartamento? No le apetecía nada hacer el ridículo de nuevo, como lo hizo en la tienda de juguetes.

Además, una sorpresa desagradable debía ser más que suficiente. Después de su conversación con Dylan, tenía dudas sobre todos los hombres en general y sobre Merrick en particular.

Darcie salió del ascensor, esperando que él la recibiese en la puerta. Le daría un sándwich, le ofrecería una cerveza... Podrían incluso jugar al póquer.

—¿Qué haces aquí? —le espetó Merrick.

—Tú me has llamado. No teníamos una cita, pero...¿puedo entrar? Tengo algo que decirte.

—¿Y no puede esperar? Hablaremos mañana.

—Ah, vaya, parece que estoy invadiendo tu casa.

Perdona. Es que he discutido con Greta y...

Merrick se cruzó de brazos. Llevaba una camiseta ajustada que marcaba sus pectorales. Nunca lo había visto en camiseta. Tenía buenos bíceps. Y bajo el pantalón vaquero se marcaba un bulto interesante. Darcie recordó entonces las «cualidades» que la habían atraído de Merrick.

—¿Haces ejercicio últimamente?

—No.

Suspirando, él dio un paso atrás. Entonces Darcie vio a otro hombre. Era alto y rubio como Merrick. Y llevaba puesto un mandil.

Tenía en la mano una bandeja y Darcie vio que era sushi, pescado crudo, sólo apto para estómagos fuertes.

—¿Quieres?

—No, gracias.

—Hola, soy Geoffrey.

—Hola. Yo soy Darcie.

—Mira, esto es ridículo —dijo Merrick entonces—.

Hablaremos mañana.

De repente, Darcie tuvo una extraña intuición. No oía voces femeninas. No había cervezas, ni humo, sólo una mesa puesta para dos.

—No entiendo nada.

—Geoffrey es mi…

—Pareja —dijo él.

Darcie se quedó boquiabierta.

¿Cómo había podido ocultárselo? ¿Cómo había podido acostarse con ella si…?

Geoffrey desapareció en la cocina y Merrick se quedó mirándola, un poco asustado.

—Parece simpático.

—No quería hacerte daño, Darcie. Y no hay razón para que no sigamos viéndonos.

—Sí, claro, ¿por qué no? —murmuró ella, con el corazón acelerado. Nunca se había encontrado en una situación así—. Llevas años viéndome a escondidas. Nunca he sabido dónde vivías, con quién vivías... incluso Jacqueline fue una sorpresa para mí. Tus hijos y ahora, Geoffrey.

—Te estás poniendo melodramática.

—He sido tu amante, Merrick. Si no fue humillación suficiente enterarme por casualidad de que estabas casado y tenías hijos... ahora tengo que enterarme de esto así... Me da igual cuál sea tu opción sexual, y espero que seas feliz, pero ¿por qué demonios no me lo dijiste? ¿Por qué tengo que enterarme de todo por casualidad? ¿Por qué no dejas de mentirme?

—¿Podemos olvidar esto? ¿Por favor?

—No, no podemos. Me has engañado dos veces y no volverás a hacerlo —replicó Darcie.

—Necesito tu ayuda.

—¿Qué?

—Me gusta Geoff. Mucho —dijo Merrick entonces bajando la voz—. Pero no estoy dispuesto a... comprometerme. Me preocupa la reacción de mis hijos cuando se enteren, pero tampoco quiero hacerle daño a él. ¿Qué crees que debo hacer?

El corazón de Darcie latía a mil por hora. No se lo podía creer. Aquello era peor que tener que soportar a Greta, peor que… peor que una mala película.

—La vida es muy rara. Vengo aquí pensando que querías verme y lo único que quieres es pedirme consejo.

—Darcie…

—¿Por eso parecías tan confuso en mi fiesta? Ah, ya veo. No te molestaba que hablase con Cutter, ¡querías ligar con él!

—¡Darcie!

—Ya me voy, no te preocupes. Hay alguien esperándome en casa. Gracias a Dios.

—¿El australiano? Esa relación no va a funcionar.

—¿Y a ti qué te importa?

—¿Está en Nueva York?

Darcie no contestó. Sin decir nada, se dio la vuelta y pulsó el botón del ascensor. Atónita, desde luego. Pero ni siquiera estaba furiosa.

La furia era una emoción absurda con Merrick Lowell. No valía de nada.

—¿Qué tal si nos vemos el lunes? —le oyó decir mientras entraba en el ascensor.

Capítulo dieciséis

—EL momento de la verdad —murmuró Darcie cuando llegaba a casa.

En el trayecto había empezado a llover y se detuvo al llegar al portal. Su abuela tenía razón. Merrick Lowell era un completo narcisista, un ser autocomplaciente y egoísta.

Había un hombre sentado en las escaleras del porche. Un hombre moreno con un sombrero…

No, no estaba viendo visiones. No era un espejismo. Sentado en medio de los escalones, bajo la lluvia, con un sombrero Akubra, una camisa de cuadros y pantalones vaqueros estaba… Dylan.

Dylan Rafferty.

Darcie se puso las manos en las caderas.

—¿Te has perdido? Porque estás un poquito lejos de casa.

—Tenía que venir a una conferencia en Kansas City y, como estaba cerca, he pensado pasarme por aquí. Darcie no iba a sonreír. No pensaba hacerlo. —Dylan, Kansas City está a ochocientos kilómetros de aquí.

—Las distancias no significan nada para

un australiano. Vivo en un país muy grande.

No se había movido y Darcie se preguntó si no se acercaba a ella por miedo a recibir un puñetazo en la nariz.

—Te estás calando.

Con la barbilla levantada, Darcie subió los escalones y metió la llave en el portal. Tenía que entrar, tenía que huir de más sorpresas, agradables o desagradables.

—Cualquier día de estos me darán un premio por tonta.

—¿Tan enfadada estás que no piensas decirme hola?

—Hola.

—¿Eso significa que puedo entrar?

—Haz lo que quieras. Entra o quédate ahí. Pero no me toques.

—Sigues enfadada.

Quizá cuando fuese tan mayor como su abuela decidiría perdonarlo. Y quizá entonces volverían a meterse en la cama para follar como locos.

En cuanto cerró la puerta, Dylan la abrazó. Darcie intentó apartarse, pero él no se lo permitía.

—Te he echado de menos. No sabes cómo te he echado de menos.

Darcie dejó de luchar. No dijo nada. El tratamiento de silencio era algo típico de su madre y Darcie había visto que funcionaba a la perfección. Aunque no se admiraba a sí misma por ello.

—Te mentí.

—Vaya, qué sorpresa. ¿Has venido a Nueva York para hacer un curso de ética?

Merrick, Dylan… todos eran iguales.

—Tienes frío —murmuró él, metiéndose las manos en los bolsillos del pantalón. Y estaban mojados. ¿Cómo podía meterse las manos en los bolsillos de un vaquero mojado? Y también tenía mojadas las botas.

—¿Y a ti qué te importa? —Deja que yo te caliente, cariño. Darcie se sentó en el sofá y Dylan se sentó a su lado, pero ella se apartó como una niña enfadada.

Aquellas noches de sexo telefónico… y luego otra mujer contestaba al teléfono. Sólo había sido una diversión para él.

—¿Por qué dices que has mentido?

—Sécate y luego hablaremos.

—Puedes hablar ahora.

—No puedo hacer dos cosas a la vez.

Estaba allí al fin y al cabo. Tenían que hablar, era absurdo seguir ignorándolo. Dylan empezó a frotar sus brazos con la manta del sofá.

—¿Qué estás haciendo aquí? Nadie, ni siquiera un australiano, recorre quince mil kilómetros para ver a una mujer que conoció en un bar.

—En eso te mentí —suspiró Dylan—. No conocí a Deirdre en un bar; vive en el rancho que hay al lado del mío.

¿Era su vecina?

—¿Es guapa?

Le daba vergüenza, pero quería saber la respuesta.

—Sí. Es muy guapa. Pelo largo, ojos castaños, un cuerpo que…

—No necesito detalles. —Va a mi rancho de vez en cuando. Cuando los dos tenemos ganas de pasar un buen rato.

—Un arreglo muy práctico. —Sí. ¿Y dónde estaba su madre cuando mantenían esos tórridos encuentros?

—¿Y contándome eso quieres que me sienta mejor? —No lo sé.

—¿Por qué no te casas con ella?

—Deirdre no me quiere.

—Te equivocas. Tiene toda la intención de convertirse en la señora Rafferty. Dylan la miró, sorprendido.

—¿Por qué dices eso?

—Cuando pregunté si era la señora Rafferty, ella me dijo: «Todavía no». Creo que está claro.

—Deirdre lo decía de broma, te lo aseguro. Le había hablado de ti y seguramente sabía que eras tú quien llamaba.

—Ah, qué bien. Una bonita historia para

contarle a mis nietos.

—No es ninguna historia, Darcie. Es la verdad.

—Esa mujer arruina tu amistad conmigo y tú la aplaudes. No lo entiendo. —Me parece que tú no entiendes a los australianos.

Darcie se levantó, furiosa. Necesitaba ponerse ropa seca y necesitaba distancia. Acababa de quitarse el sujetador cuando Dylan apareció en la puerta.

—¿Te importa? —murmuró, irritada.

—No me importa en absoluto —dijo él, mirándola de arriba abajo—. Sigue, cariño. Estás llegando a lo más interesante —añadió, tomándola por la cintura.

Darcie observó su anillo, el que llevaba en el meñique, y también observó que tenía una marca en la muñeca.

—¿Qué es eso?

—Del alambre de espino. Me corté.

—Qué pena.

—Y tengo un mordisco en la pantorrilla. Me lo dio un collie que es un diablo —murmuró Dylan, mordisqueando su cuello hasta hacerla sentir escalofríos—. Y una oveja me pateó el otro día donde más duele.

—Pobre... —Darcie no pudo terminar la frase. Los besos de Dylan Rafferty empezaban a excitarla de un modo imposible.

—Estoy herido. ¿Has pensado alguna vez

en hacerte enfermera?

—Hasta ahora no.

—¿Sabes quién me dio la patada? Darcie II. Es igual que su «madre».

—Estoy intentando seguir enfadada contigo.

—¿Por qué? ¿Porque he aparecido sin avisar? ¿Vas a ignorarme hasta que me vaya de Nueva York? ¿Por qué perder tiempo cuando podríamos estar disfrutando el uno del otro?

Dylan rozó sus pechos con una mano y a Darcie se le doblaron las rodillas.

—Ya que has pagado un billete de avión, sería una tontería.

—Eso digo yo.

—Supongo que podríamos… aprovechar el tiempo.

—Desde luego.

Dylan le bajó la falda y la tiró al suelo. Cuando le quitó las braguitas, Darcie se dio la vuelta y buscó la hebilla del cinturón.

—Podría vengarme.

—Soy tu prisionero.

—¿Cuánto tiempo? ¿Una hora?

—Pues no sé… he sido un chico muy malo.

—Por mi experiencia en el Westin, yo diría que sí —sonrió ella—. Entonces, más de una hora.

Afortunadamente, tenía una cama grande y había mucho sitio para «castigarlo».

Había tenido un día horrible, se dijo. Tenía derecho a hacerlo sufrir.

Acabaron en la cama, Dylan encima de ella, los brazos de Darcie alrededor de su cuello.

—Toda la noche —murmuró—. Aunque quizá eso no sea suficiente.

—Sin posibilidad de perdón.

—¿Estoy en el corredor de la muerte? —sonrió Dylan.

—Yo no diría tanto. Pero casi.

Había olvidado lo guapo que era. Y se sentía como en el cielo entre sus brazos. Parecía un dios con su piel de color bronce y sus ojos traviesos…

—Eres un canalla, Dylan Rafferty.

—Y así he conseguido meterme en tu cama otra vez —rió él.

—¿Te estás aprovechando de mí?

—Y tú de mí, Matilda.

Cierto.

—Muy bien. Ya que estás aquí… sé muy malo.

—Como no soy capaz de reformarme…

Dylan abrió sus piernas con una rodilla, mirándola a los ojos. Y sonriendo. Con esa sonrisa de pillo. Seguía llevando el sombrero Akubra, que se deslizó sobre sus caras mientras se besaban. Cuando la penetró, Darcie lanzó un gemido. Podía sentir sus pectorales aplastando sus pechos, sus caderas apretadas, su pene llenándola, abriéndola.

—Dilo, cariño. Quieres decirlo.

—Me alegro… de verte. Yo también te he echado de menos.

—Y me perdonas —dijo Dylan con voz ronca.

—Sí, ohhhhhh.

Fue como la primera vez en el Westin, pero mejor. No duraron mucho. Unos minutos después ¿o fueron segundos? Dylan se apartó para volver a embestirla, con fuerza, y Darcie perdió la cabeza

Él también.

Estaba allí, emocionado, emocionándola. Darcie sabía que se estaba metiendo en un lío, pero no le importaba.

—El momento de la verdad —murmuró.

De vuelta a la tierra, más o menos, una semana más tarde, Walt la llamó desde Australia.

—Vengo hasta aquí y resulta que no hay ningún problema con el transporte de las estanterías.

Genial. Sus lágrimas habían dado resultado.

—Esa es una buena noticia.

—Han llegado hoy. ¿O es mañana en Estados Unidos? No me entero con el cambio de horario.

Darcie tampoco. Sobre todo porque Dylan seguía viviendo en su casa, en su cama. De hecho, estaba deseando volver a su apartamento para estar con él.

Entonces miró su reloj. Se lo había regalado Dylan. Era un reloj de plata con dos esferas, para que pudiera saber en todo momento qué hora era en Australia. Darcie le dijo la hora a su jefe y se quedó tan contenta.

—¿Desde cuándo controlas tan bien la hora de Australia? —preguntó Walt.

—Tengo amigos —sonrió ella.

—¿Sí? Pues tendrás que pedirles ayuda.

—¿Por qué? ¿No dices que han llevado las estanterías?

—Sí, pero está todo mal. En lugar de cedro han traído pino. Y en lugar de cristales opacos, los han traído normales.

A Darcie le dio un vuelco el corazón.

—¿Y cómo son?

—Estanterías de pino con cristales normales.

—Bueno, no pasa nada. Así los clientes podrán ver el producto sin tener que abrir las puertas, ¿no? Es más flexible.

—¿Crees que deberíamos quedárnoslas?

—No quedaría bien con el resto del mobiliario. Habíamos pedido cedro.

—Pues a ver qué hago.

—Podríamos usar esas para la inauguración y después poner las de cedro... siempre que nos hagan un buen descuento por los inconvenientes.

—Baxter, a veces eres un genio.

Darcie sonrió.

—Recuérdame que me aumente el sueldo. O que me dé dos semanas de vacaciones.

—Espera, hay más cosas.

—No me lo digas. Los maniquíes no tienen brazos ni piernas.

Greta se inclinó un poco para oír mejor, pero Darcie se dio la vuelta y la fulminó con la mirada. No la había perdonado todavía.

Muy bien, si los maniquíes no tenían piernas decoraría el escaparate sólo con torsos; lo convertiría en un escaparate contemporáneo.

—El papel de la pared —dijo Walt.

—¿Perdona?

—El papel de la pared. Se han equivocado también.

Darcie se quedó helada.

—¿Cómo que se han equivocado?

—Pediste uno de rayas amarillas, ¿no?

—Sí, uno con rayitas doradas muy finas.

—Pues nos han puesto uno de rayas

blancas y negras. Esto parece el hogar de la cebra.

Ella dejó escapar un suspiro.

—Si estuviéramos en África…

—Pero no estamos en África. Baxter, nos estamos quedando sin tiempo. ¿Qué hacemos ahora?

Darcie lo pensó un momento.

—Henry está contento con el contrato. Tenemos los diseños para la ropa interior y son preciosos. Tú tranquilo, yo me encargo del papel pintado.

—¿Cómo?

—No lo sé, Walt. Quizá deberías haberme enviado a mí a Australia.

Pero entonces no habría visto a Dylan, pensó. A Dylan, con su cuerpo de bronce, sus anchos hombros, su torso cubierto de vello oscuro…

—Mira, quita el papel tú mismo si no hay más remedio. Yo llamaré a la tienda y pediré que vayan hoy mismo con el que habíamos elegido. Para el fin de semana, todo estará arreglado.

—¿Por qué estás hoy tan optimista? —preguntó Walt, suspicaz.

—Por quién, dirás. Bueno, te llamaré en cuanto pueda.

—¿Te refieres a Rafferty?

Darcie colgó sin contestar. Nada iba a

entristecerla aquel día, ni siquiera un desastre en la tienda de Sidney. Seguramente era optimista e ingenua, pero sabía cómo solucionar las cosas.

Inspirada por Dylan, que estaba esperándola en casa, terminó su trabajo en menos de media hora. El papel de rayas doradas iba de camino y ella iba hacia su casa, donde Dylan la esperaba tumbado en la cama…

—Me marcho —le dijo a Greta—. No digas nada, Hinckley. Y te aviso: si se te ocurre sabotearme este asunto, te cortaré el cuello.

Greta puso cara de susto.

—Sólo quería ayudarte.

—Eso es lo que decía Robespierre mientras veía las cabezas cayendo en la cesta. Si necesitas algo, estaré en casa.

No sabía hasta cuándo estaría Dylan en Nueva York, pero mientras estuviera allí pensaba disfrutarlo todo lo posible. Y se prometió a sí misma no esperar nada más.

«Las chicas sólo quieren divertirse», en palabras de su hermana Annie.

Capítulo diecisiete

DARCIE entró en su apartamento y oyó voces en la cocina. Annie estaba haciendo la cena con Dylan.

Y estaban muy cerca el uno del otro. Absurdamente cerca.

—¿Qué pasa aquí?

Los dos levantaron la mirada, sorprendidos.

Annie soltó una risita y Dylan, sin mirarla, empezó a mover lo que hubiese en la cacerola. Su hermana llevaba un top que dejaba al descubierto el ombligo y unos pantalones muy bajos de cadera. Y, la verdad, desde que Dylan llegó, lo miraba con... demasiado interés.

—Fíjate, Darcie, estoy aprendido a cocinar.

—¿Ah, sí?

Estaban demasiado cerca y Dylan llevaba su Akubra puesto... y nunca antes se había dado cuenta de que su hermana tenía un trasero pequeño y respingón.

Entonces recordó algo: Annie, vestida para la fiesta de fin de curso en Cincinnati, ligando con un ex novio suyo. Él le hablaba al oído… a su hermana no parecía molestarla que hubiera sido su novio y a él tampoco.

—Estamos haciendo pescado frito con patatas. Y llegas tarde.

—Limpiaré todo esto, te lo prometo —sonrió Annie. ¿Y me robarás a Dylan también? ¿Qué habían estado haciendo antes de que ella entrase?

—Por favor, abrid la ventana. Aquí hay mucho humo —murmuró Darcie—. ¿Qué hay en el horno?

—Pan sin levadura. Normalmente se hace en una hoguera al aire libre, pero aquí no tenéis barbacoa. —No nos dejan. —Este edificio es tan viejo que podría quemarse hasta los cimientos —dijo Annie.

—¿Lo ves? Vivís en una ciudad muy peligrosa —sonrió Dylan. —Pues a mí me encanta Nueva York. Si no te gusta…

—Venga, Darcie. A mí me encanta que Dylan nos enseñe a cocinar —la interrumpió Annie, quitándole el sombrero—. Incluso puede que vaya de visita algún día.

—El mes de septiembre es el mejor momento. Te pondré a trabajar en el rancho, esquilando ovejas. Annie hizo una mueca.

—¿No les duele?

—No, qué va. Tú también tienes que ir, Matilda. Así podrás esquilar a Darcie II.

—Sí, claro.

—¿Tienes hambre?

—No, se me ha quitado el apetito —murmuró Darcie, saliendo de la cocina.

Le picaban los ojos… del humo, seguramente. Entró en su habitación y tiró el bolso sobre la cama, parpadeando furiosamente. Idiota. No iba a llorar, no iba a llorar.

Muy bien, a Dylan Rafferty le gustaba su hermana.

Annie era una monada, debía admitirlo. Y, además, tenía pocas inhibiciones. Darcie podría dar fe de su libertad sexual con Harley y con otros.

Pero ella no quería terminar como Greta Hinckley, odiando a los demás por su buena suerte.

—Cariño… —oyó entonces la voz de Dylan.

—Vete. Él apoyó un hombro en el quicio de la puerta.

—Annie está sacando el pescado de la sartén. Incluso vamos a envolverlo en un periódico, como hacemos en Australia. Lávate las manos y ven a comer.

—No tengo ganas.

—¿Qué te pasa?

—Nada.

—Te portas como una niña pequeña. ¿Qué te ocurre?

—Estoy a punto de tener la regla. Ya estás

advertido. Dylan no se movió.

—¿Te duelen los pechos? —¿Qué? —¿Te duele la tripita?

—Estás jugando con fuego, Rafferty.

—¿Estás de mal humor? Pues muy bien.

No dijo nada más. Se dio la vuelta y fue a la cocina. Con Annie. —Dos de dos —murmuró Darcie—. Perfecto.

Claire Spencer se preguntó si estaba siendo autodestructiva. Al menos había perdido peso gracias a las ensaladas, se dijo. Y Samantha estaba dormidita en la cuna.

—No comes nada —la regañó su marido.

—No tengo hambre.

—¿Después de pasar todo el día en el parque con Sam? —Aún no camina. Ya verás cuando camine.

—¿Qué haces entonces? ¿Jugar en la arena?

—Y en los columpios.

—Me encanta ver a una mujer subida en un columpio —sonrió Peter.

—No, tonto. Subo a Samantha y la empujo un poquito. Le encanta. Además, charlo con otras mamás.

—Me alegro de que tengas compañía. Cuando dejaste la empresa me pregunté cuánto tiempo podrías aguantar sin hablar con gente, sin comentar asuntos profesionales, sin estar... activa.

—Eso es importante —murmuró ella—. Pero Samantha lo es más.

—Sí, claro.

Pero no era Peter quien empujaba el columpio en el parque. No era Peter quien se sentía incompetente entre las otras madres, que sabían hacer callar a sus hijos con una sola mirada.

—Hoy no te has pintado.

—A Samantha le da igual que lleve colorete o no. Además, el otro día me dijo que no le gustaba mi sombra de ojos.

—Samantha no habla —murmuró Peter, tomando un trozo de pan—. Estás perdiendo la cabeza, cariño.

—Lo que estoy perdiendo es peso. El año que viene estaré como Naomi Campbell.

—Ah, muy bien. Ya casi estás como antes de quedar embarazada.

—Casi.

—Estás todo el día con Sam e incluso has ido a un psicólogo. ¿Por qué sigues tan triste?

—No tengo ni idea.

—El médico dijo que estabas estupendamente, que podías hacer vida normal. Podríamos volver a mantener relaciones...

—Lo sé, lo sé —murmuró Claire, con el

corazón acelerado.

Peter se levantó.

—¿Has terminado?

—Sí, gracias.

Su marido fue a la cocina, con su pelo rubio brillando bajo la lámpara, su trasero apretado bajo el elegante pantalón. A Claire se le quedó la boca seca.

—¿Qué tendría que decirte para que vinieras conmigo a la cama? Recuerdo una frase de *La carga de la brigada ligera*...

—Samantha...

—Está durmiendo, Claire. Toma tanto el aire que se queda dormida a su hora. ¿Qué te parece? Aquí o en la habitación. Tú eliges.

—Peter, ¿y si no puedo...?

Su obsesión por Samantha, por su trabajo, eran problema suyo... un problema que no había compartido con Peter. Pero no podía seguir obsesionada para siempre. Si lo hacía, perdería a su marido.

Claire levantó los brazos para enredarlos alrededor de su cuello. Se besaron despacio al principio, inseguros. Entonces abrió la boca y se besaron de verdad. El roce de su lengua la excitó, como antes de quedar embarazada.

Peter lanzó un gemido ronco.

—Sigue... sigue...

Su marido se puso de rodillas delante de

ella. Respiraba con dificultad y tenía esa expresión que a Claire le encantaba. Dura, concentrada. Una expresión sexual.

—Te deseo, Claire. Esta vez no me digas que no.

Era un primer paso, desde luego. Peter enterró la cara entre sus muslos y, por encima de los vaqueros, el roce la enardeció.

—Peter…

—Por favor, quítatelos.

—¿Crees que deberíamos…?

—Claro.

—Pero tengo miedo…

—No pasa nada, cariño.

Con una mano sobre su pelo, lo vio quitarle las zapatillas y los calcetines. Después desabrochó los vaqueros y Claire levantó un poco las caderas para ayudarlo. Entonces le quitó las braguitas. Unos minutos después, los dos estaban desnudos.

—No rompamos el hechizo.

Claire asintió. Después le hablaría sobre su necesidad de estar sola de vez en cuando. Sobre su dolor por haber dejado el trabajo. Sobre su miedo a no saber cuidar de Samantha…

Pero en los brazos de su marido, Claire se olvidó de todo. ¿Sería eso lo que le faltaba, lo que había echado de menos? Su marido. Su matrimonio. Su propia sexualidad.

—No creo que aguante mucho. Mi vida sexual ha sido un desierto.

—No esperes por mí.

Peter inclinó la cabeza para besar sus pezones y Claire sintió que su cuerpo despertaba a la vida.

Podía sentir.

Su marido la penetró despacio y se detuvo a medio camino.

—¿Bien? ¿O es demasiado?

—Me encanta.

Era cierto. Poco a poco la fue llenando, parándose para comprobar si estaba bien, como si fuera la primera vez. Y entonces, de repente, lo sintió dentro por completo. Claire dejó escapar un gemido al sentir que Peter no podía más. Unos segundos después se dejó ir. Y ella también.

Estremecida, se abrazó a su marido.

—Lo siento —murmuró, con lágrimas en los ojos—. Ha pasado tanto tiempo…

—Te quiero, cariño.

—Y yo a ti, amor mío.

Darcie estaba tumbada en su cama, a oscuras, odiándose a sí misma con típica vehemencia. Llevaba horas oyendo las risas de Dylan y Annie en el salón. ¿Y si se enamoraban y tenía que ir a la boda de su hermana en Sidney?

Ridículo.

Dylan no podía hacerle el amor como se lo hacía y luego enamorarse de Annie repentinamente.

¿O sí?

—Tengo que dormir —murmuró.

Podía oír la voz de Dylan en el salón y se incorporó un poco. ¿Y si estaba seduciendo a Annie en el sofá?

Darcie saltó de la cama, pero se le enredaron los pies en el edredón y cayó de bruces al suelo.

—Genial. Seré payasa…

Si lo encontraba encima de su hermana los echaría a la calle a patadas.

¿De dónde salía aquel primitivo deseo de marcar su territorio?, se preguntó.

Dylan estaba hablando por teléfono. Y, afortunadamente, Annie no estaba con él.

Quizá había salido.

—¿Charlie está bien? No, en serio, que lo hagan los peones. Para eso les pago. Ellos conocen bien a Charlie… entienden sus necesidades. Tú no te preocupes.

Mientras él escuchaba lo que decían al otro lado del hilo, Darcie lo observó. Tenía unos hombros preciosos, unos bíceps que serían la envidia de cualquier hombre. Una pena que fuese un Cromañon.

A pesar de su enfado, las hormonas de Darcie empezaban a enloquecer.

—¿Seguro que todo va bien? ¿No ha habido nada que no quieras contarme…? Sí, señora.

¿Señora? ¿Con quién estaba hablando?

—Buenas noches, mamá. Hasta mañana.

Darcie se apoyó en el quicio de la puerta.

—¿Tu madre?

Él se volvió.

—Sí, claro. Se ha quedado encargada del rancho hasta que yo vuelva.

—No te preocupes, seguro que lo tiene todo controlado.

—¿Cómo lo sabes?

—Porque yo también soy una mujer.

—Eso desde luego —sonrió Dylan.

—Las mujeres no necesitan que un hombre les diga lo que tienen que hacer.

Él se encogió de hombros.

—Mi padre murió hace cinco años. Hasta entonces, mi madre se encargaba de la casa. Bueno, también se encargaba de cuidar a los animales enfermos, pero… era mi padre quien tomaba las decisiones. Desde que murió, quien las toma soy yo. Las tomo y pago las consecuencias.

—¿Y por qué has dejado a tu madre a cargo del rancho si no confías en ella?

—Porque no hay nadie más.

—¿Y los peones?

—El rancho no es suyo. Si se equivocan en algo, quien paga los platos rotos soy yo. El rancho es mío y de mi madre.

—Ya.

—¿Qué?

—Entonces estás de acuerdo. El rancho también es de tu madre.

Dylan apartó la mirada.

—Bueno, ella vive allí. Es su casa y espero que lo sea para siempre. Mi trabajo es preservar ese rancho para mí y para mi familia.

—¿Y la llamas todas las noches para controlar si lo hace bien?

—Es mi obligación.

—No creo que a ella le haga ninguna gracia.

—¿Por qué?

—¿Cómo crees que se sentirá cada vez que llamas para controlar lo que hace, como si no confiaras en ella?

Dylan se quedó en silencio unos segundos.

—¿Será por eso por lo que me grita?

—Digo yo —sonrió Darcie—. Dylan, ¿cómo puedes tener una actitud tan anticuada? Como con Deirdre. Es tu vecina, ¿no? De modo que ella también lleva un rancho.

—Es de su padre.

—Venga, por favor. ¿De verdad crees que

los hombres y las mujeres ocupan diferentes puestos en el mundo?

—¿Tenemos que hablar de esto ahora? Porque yo preferiría compensarte por el enfado de antes.

—¿Eso es lo que le dices a Deirdre?

—Es diferente.

—¿Ah, sí?

—Deirdre es hija única. Ella heredará el rancho… porque no hay nadie más.

«Por Dios bendito, este hombre sigue viviendo en el siglo XIX».

—O sea, que el que toma las decisiones es su padre.

—Claro.

—No te entiendo.

—Francamente, a mí no me parece buena idea que una mujer vaya a la universidad.

Darcie lo miró, atónita.

—¿Cómo?

—Todos los hombres que conozco piensan lo mismo, aunque no lo digan.

—¿Lo ves? Esta es la razón por la que deberíamos haber cortado cuando me fui de Sidney. El sexo está muy bien, pero…

—El sexo es estupendo. Deberíamos probarlo ahora mismo.

—¿Esto suele funcionarte? ¿Manipular a las mujeres?

Dylan levantó una ceja.

—Desde luego.

—No pienso meterme en la cama contigo.

—¿Por qué no? —sonrió él, tirando de su mano para sentarla en el sofá.

—Porque no tengo ganas.

—Sí las tienes. Conmigo siempre tienes ganas.

Era cierto. Los últimos días habían sido los mejores de su vida.

Pero, ¿dónde la llevaría aquello? Dylan tenía opiniones machistas e insoportables.

—¿Estás diciendo que no te gustaría que tu mujer trabajase?

—No quiero que trabaje. Yo trabajaré por los dos.

—Por favor…

Darcie pensó entonces en su padre, que tenía las mismas ideas. Y, francamente, convertirse en su madre no era en absoluto apetecible.

—Tienes razón. Soy un hombre de las cavernas —murmuró Dylan, con los ojos oscurecidos.

—Yo no he dicho…

—Y estoy cachondo —la interrumpió él, tomándola en brazos—. No pesas nada.

—¿Y eso es bueno?

—Tú eres buena.

La tumbó en la cama y se colocó sobre

ella, mirándola a los ojos.

—¿Sabes por qué estaba jugando con tu hermana en la cocina? Para probar que está bien sentir celos. De Annie. De Deirdre. De cualquier otra mujer.

—¿Ah, sí?

—Matilda, tú eres tan primitiva como yo.

—No tenemos nada que ver.

—Eso es lo que tú crees.

Dylan se bajó el pantalón, besándola por todas partes, desde el cuello hasta el estómago…

—Cuando estás de mal humor, yo puedo ayudarte —murmuró, acariciándola entre las piernas—. ¿Lo ves? Estamos hechos el uno para el otro.

Un segundo después la había penetrado con fuerza. Y Darcie dejó de pensar. Australia. Nueva York. Hombre. Mujer. Tradición. Feminismo. Estaban juntos. Tan juntos que podrían haber sido uno solo. La irritaba, la fastidiaba, pero sus diferencias podían esperar hasta el día siguiente.

Quizá, pensó, sólo quizá… Dylan Rafferty podría ser entrenado para portarse como un hombre moderno.

Capítulo dieciocho

—QUÉ hombre. Si yo tuviera cincuenta años menos...

La reacción de su abuela no sorprendió a Darcie. Por eso había esperado hasta el último día para presentárselo.

Dylan Rafferty había dejado a todas sus compañeras emocionadas el día anterior en Wunderthings. Aunque a Greta no se lo presentó. Por si acaso.

Y aquella noche, Eden se había puesto sus mejores galas.

—Abuela, yo creo que si quisieras podrías ligártelo.

Dylan se echó el sombrero hacia atrás.

—Encantado, señora. Darcie me ha hablado mucho de usted.

—Espero que te haya hablado bien.

—De maravilla.

—He hecho asado de ternera, el plato favorito de mi nieta —sonrió Eden.

—Mi plato favorito es el cordero, abuela.

—El cordero es más duro.

Darcie miró alrededor, buscando a Baby Jane. No quería que atacase a Dylan por la espalda, especialmente porque se había puesto unos pantalones muy elegantes.

—¿Qué queréis tomar? —preguntó Eden. En ese momento sonó el timbre—. Ah, aquí está Julio.

Dylan sonrió. Había oído hablar del novio.

Unos minutos después los dos hombres se habían hecho amigos hablando de fútbol. Y Darcie lo agradeció.

—¿Necesitas ayuda, abuela?

—No, gracias. Me alegro mucho de tenerte en casa, cariño. Y ese joven... si te cansas de él, dale mi número de teléfono. Aunque pronto dejaré de estar... disponible.

—¿Qué quieres decir?

—Ya te enterarás. Me gusta mucho tu amigo. Tiene buenos genes. Incluso Janet tendría que dar su aprobación.

—No voy a presentárselo. Se marcha mañana.

Eden hizo una mueca y Darcie pensó entonces que estaba un poco pálida. ¿Por qué? ¿Estaría preocupada por ella?

—¿Vas a dejarlo escapar? Tendrías unos hijos preciosos, cariño. Y espero que los tengas mientras yo sea suficientemente joven como para disfrutarlos.

—No quiero hablar de eso. Venga, ve a llevar las copas. Yo me encargo del horno.

Mientras se ponía un mandil, Darcie intentaba no pensar en la partida de Dylan. ¿Sería mejor dormir separados aquella noche? ¿Debía empezar a acostumbrarse a la soledad? ¿O debería tirarse encima de él en cuanto llegaran a casa?

No tardó mucho en tomar la decisión.

—Espera, yo te ayudaré.

Era Dylan, que le quitó el cuchillo de la mano y partió el asado con destreza. Al terminar, la tomó por la cintura.

—Déjalo para más tarde —sonrió Darcie—. Tengo planes para ti.

—Espero que sean los mismos que yo tengo para ti.

Ella iba a decir que sí cuando sintió un dolor agudo en el tobillo.

—¡Maldita gata!

Dylan se inclinó, riendo.

—Pobrecita.

—Me odia. Ese animal me odia.

—¿Esta chiquitina? Pobrecita. Seguramente te ha mordido porque ibas a pisarla. Hay que saber tratar a los animales, Darcie.

Ella hizo una mueca.

—Sí, claro. Menuda fiera.

Dylan acarició a Baby Jane y luego tomó la bandeja de asado. Eden había puesto el mejor cristal, la mejor vajilla y un mantel heredado de su bisabuela.

«Si lo mancho, me mata», pensó Darcie.

Para no pensar en la despedida, comió mucho. ¿Por qué no? Cuando él se fuera, ya no tendría que estar delgada para ningún hombre. Y regó el asado con dos copas de vino.

¿Cómo podía disfrutar de la cena y, al mismo tiempo, desear que terminase lo antes posible?

—Tengo una noticia que daros —anunció Julio entonces.

—Julio… —empezó a decir su abuela.

—Eden será pronto mi…

—Su prometida —dijo ella.

Darcie miró de uno a otro, perpleja.

—Pero…

—¿No te hace ilusión?

—Pues yo…

¿Su abuela, de ochenta y dos años, iba a casarse?

¿Y con un hombre que tenía cuarenta años menos que ella?

—Matilda se ha quedado sorprendida —sonrió Dylan—. Pero es una buena noticia, ¿verdad, cariño?

—Sí, sí, es… maravillosa. Felicidades a los dos.

—¿No estás contenta?

—Sí, claro, mucho. Es que no lo esperaba.

—A tus padres les sentará fatal —sonrió Eden.

—Ese es problema suyo.

—Bueno, vamos a celebrarlo —dijo su abuela entonces, levantándose. Seguía pálida, algo que a Darcie no le pasó desapercibido—. Voy a buscar el champán.

—Deja, yo lo haré.

Intentando evitar los dientes de Baby Jane, Darcie sacó las copas del armario, pensativa.

Su abuela iba a casarse. Con ochenta y dos años. ¿Sentía celos, envidia?

—Soy una egoísta —murmuró.

Perdería a su abuela, en cierto modo, pero ganaría un… ¿abuelastro? Un hombre de cuarenta años, bajito y moreno. Julio no parecía un abuelo; desde luego no se parecía a su auténtico abuelo, que era como Dylan.

Todo aquello era absurdo.

—Quiero proponer un brindis —dijo, después de abrir el champán—. Por Eden Marie Baxter y por Julio…

—Martín Pérez.

—Y por Julio Martín Pérez, que tengáis larga vida y mucha felicidad.

—Gracias, cariño —sonrió Eden—. Con tu bendición, Julio y yo vamos a casarnos.

Y entonces, de repente, su abuela cayó al suelo, inconsciente.

—Demasiadas emociones —murmuró Darcie.

Habían vuelto del hospital donde su abuela estaba descansando tranquilamente.

—Estoy seguro de que las pruebas darán resultado negativo —sonrió Dylan—. Han dicho que el electrocardiograma estaba bien.

—Es que se emocionó por el compromiso con Julio... y sé que van a ser felices. Él cuidará de mi abuela.

Dylan la abrazó en cuanto llegaron al apartamento.

—Como estamos hablando de emociones... —murmuró, metiendo las manos por debajo del jersey.

—No tenías por qué retrasar tu vuelta a Sidney. Tienes que encargarte de un montón de ovejas y...

—He decidido quedarme hasta que Eden salga del hospital. Necesitas apoyarte en alguien y no quiero discusiones, Matilda. No hay nada de malo en necesitar a otra persona.

Darcie parpadeó. Había parpadeado mucho para evitar las lágrimas cuando estaban en el hospital. No podía imaginar que su abuela estuviera seriamente enferma, pero si su corazón ya no funcionaba bien...

—Hace poco tuvo un amago de infarto. No sé qué haría sin ella... y sin ti.

—Afortunadamente, no lo sabrás por

ahora —sonrió Dylan, besándola.

Darcie le había prometido una noche que no iba a olvidar y Dylan le había prometido lo mismo. ¿Cómo iba a renegar de esa promesa aunque él hubiera decidido quedarse?

Exhausta por la tensión y aún preocupada por Eden, Darcie dejó escapar un suspiro.

—Gracias por todo.

—No me des las gracias. Aún no he empezado —murmuró él, mordiéndola en el cuello.

—Pensé que estos eran los prolegómenos —dijo Darcie, temblando. Le encantaba que la besara en el cuello, una zona erógena que había descubierto con Dylan.

—¿Llamas a esto prolegómenos? Yo me siento como un preso en el corredor de la muerte que acaba de recibir el perdón del gobernador.

Aquella noche no tendría que controlar las lágrimas. Dylan se quedaría hasta que su abuela estuviera en casa de nuevo. Podía disfrutar de él, podía abrazarlo…

Entonces se quedó helada.

¿Eso era lo que necesitaba? ¿Necesitaba que Dylan estuviera a su lado, que llamase a la ambulancia, que firmase los papeles porque ella estaba demasiado nerviosa? Tenía razón; era un hombre que se encargaba de todo, que tomaba decisiones. Había cosas peores que confiar en un hombre como Dylan Rafferty.

—Sé que esto suena horrible, pero casi espero que mi abuela tenga que quedarse en el hospital durante unos días.

—No tengo prisa, pero debo volver a casa. ¿Por qué no vienes conmigo, Matilda? Quédate unos cuantos días en el rancho Rafferty.

—Con el semental Rafferty.

—Nunca se sabe dónde podría llevarnos eso.

Dylan la tumbó en la cama y Darcie no protestó. ¿Para qué? Era la envidia de todas sus compañeras de trabajo y, en aquel momento, hasta se envidiaba a sí misma.

—Si te hubieras visto la cara cuando tu abuela cayó al suelo…

—Tenía tanto miedo… pero no quiero pensar en eso. Hazme el amor, Dylan.

—Desde luego.

Cuando entró en ella con una poderosa embestida, Darcie se preguntó cómo iba a decirle adiós.

Como si él sintiera lo mismo, se apoyó en un codo y tomó su cara entre las manos. Darcie veía todo el mundo en sus ojos.

—No puedo esperar, Matilda.

Apretándose contra él, saboreó las embestidas, el roce de su cuerpo, más rápido, más fuerte, hasta que Dylan no aguantó más. Sintió que su cuerpo se estremecía…

Entonces oyó pasos en la escalera de incendios.

Oh, no. No podía ser.

La ventana se abrió y un hombre entró en la habitación…

Dylan se levantó de un salto, se lanzó sobre el intruso y lo tiró al suelo.

—¡Ya te tengo! ¡Darcie, llama a la policía!

Capítulo diecinueve

—¡DYLAN, suéltalo! ¡Es mi vecino!

Él se volvió, perplejo.

—¿Cómo?

—Que es mi vecino —insistió Darcie. Le había hablado de Cutter pero, evidentemente, lo había olvidado.

En el suelo, con camisa azul y pantalón de color caqui, Cutter emitió un extraño sonido. Dylan lo tenía agarrado por el cuello.

—¿Que lo suelte?

—Es Cutter, mi vecino de arriba.

Darcie se dio cuenta entonces de que estaba completamente desnuda y, a toda prisa, se puso una camiseta de Dylan y saltó de la cama.

—¿Quién demonios eres tú? —preguntó Cutter—. Soy yo quien debería llamar a la policía...

—¿Yo? —Dylan se estaba poniendo los vaqueros, sin dejar de mirar al intruso—. Debes estar loco. ¿A quién se le ocurre entrar en el apartamento de una mujer por la ventana? ¿Tú dejas que un tío entre en tu casa de esa forma, Darcie?

—Ya te lo dije... Cutter a veces olvida la llave de su apartamento.

—Ah, ya, estupendo. Dos mujeres viviendo en Nueva York, en un primer piso, donde cualquiera puede entrar por la ventana... esto es increíble... Pues te digo una cosa amigo, si vuelves a entrar por esa ventana...

—¿Quién es este tío? —lo interrumpió Cutter.

Dylan se acercó, amenazante. El aire estaba tan cargado de testosterona que era casi irrespirable. Que dos hombres se pelearan por ella era interesante, pero no a las tres de la mañana. Si no intervenía, se liarían a puñetazos.

—Darcie, ¿puedo hablar contigo?

—Espera un momento, Dylan. Vamos, Cutter, a tu casa.

—¡Deja la puerta abierta!

Darcie llevó a su vecino al salón y lo fulminó con la mirada.

—¿Te importaría decirme qué demonios haces aquí? —preguntó, de brazos cruzados.

—Lo de siempre —contestó él, sin mirarla.

—¿Te pasa algo?

—Nada... bueno, sí, me han despedido. El proyecto no gustó nada. Oye, por cierto, ese tío es una mezcla entre Keanu Reeves y Cocodrilo Dundee. Sólo que más alto. ¿Es tu australiano?

—Es guapo, ¿eh?

—Esta ciudad es una porquería. Estamos todos locos.

—No todos —sonrió Darcie.

Cutter se había convertido en un buen amigo, pero hacía días que no pasaba por allí. Y la verdad era que no había vuelto a acordarse de él desde que Dylan apareció en Nueva York.

—No tienes buena cara, Cutter. ¿Has estado bebiendo?

—Un poco. He salido de copas con unos amigos.

—Pues tienes suerte de que Dylan no te haya partido la cara.

—Ya veríamos…

—No puedes seguir entrando por mi ventana, Cutter.

Él se encogió de hombros.

—Tengo noticias peores. Mi padre me ha ofrecido un puesto en su banco, en Atlanta. Y es una oferta que no puedo rechazar. Ahora tengo que hacer las maletas y volver a casa.

—Deberías quedarte en Nueva York.

—Sí, bueno… he de irme. ¿Sigues teniendo la copia de la llave que te di?

—Claro. ¿Cuándo te vas?

—En cuanto me sea posible —suspiró Cutter—. Necesitaba ese trabajo porque no tengo nada ahorrado…

No parecía muy contento y tampoco lo estaba Darcie que, absurdamente, por empatía, sentía como si también ella hubiera sido despedida y tuviese que volver a Cincinnati.

—Podrías buscar otro trabajo en Nueva York. Seguro que encuentras algo.

—No se me da bien la publicidad, Darcie. Mi trabajo parece el de un crío comparado con otros compañeros. No, debo admitirlo. Ni esa es mi carrera, ni este es mi sitio —dijo su amigo.

—Lo siento mucho.

—Yo también. Pensé que tú y yo… en fin, ya sabes.

—Yo también lo pensé, al principio. Pero creo que seríamos mejores amigos que…

Cutter se inclinó para hablarle al oído:

—Amantes.

Y entonces la besó. Un beso en los labios, pero amistoso. Quizá Dylan también lo había visto, no estaba segura.

—Llámame.

—Espero volver a verte antes de marcharme.

—Claro.

Cutter abrió la puerta y se volvió, con los ojos nublados. ¿O eran los de Darcie?

—Cuídate, preciosa.

—Tú también, Cutter Longridge.

Annie subía por la escalera cuando Darcie iba a cerrar la puerta. Iba un poco «mareada» y tuvo que apoyarse en Cutter.

—Cuidado, señorita Annie —sonrió él, dándole un beso en la mejilla.

¿Por qué le parecía un beso de despedida? Seguramente porque también ella quería despedirse.

—Este apartamento es como el aeropuerto Kennedy. Siempre hay gente entrando y saliendo.

Annie tiró su bolso en el sofá y después se dejó caer en él, agotada.

—¿Dónde está Dylan?

—Llegas muy tarde —suspiró Darcie.

—Jo, mamá, es que no me he dado cuenta de la hora.

—No te hagas la graciosa. Puede que mamá esté ahora mismo en un avión con destino a Nueva York.

—¿Por qué?

Darcie le contó el desmayo de su abuela y su ingreso en el hospital.

—¡Ay, Dios mío!

—Está bien, pero no sabremos lo que tiene hasta mañana. Julio se ha quedado con ella.

—¿Se quedará toda la noche?

—Sí, claro. Dormirá en el sillón.

—Seguro que se ha metido en la cama —sonrió Annie.

—¿Dónde has estado?

—Por ahí. Acabamos en Chelsea... no sé dónde.

Pero daba igual. Ya daba igual. Había fracasado y lo sabía.

—¿Estás bien? —preguntó Darcie, sentándose a su lado.

—Después de ocho cervezas he decidido que soy un desastre, así que estoy bien. Perfectamente.

—Has bebido demasiado. Vete a la cama.

—No, estoy bien, de verdad. Soy un desastre, un fracaso y tú lo sabes. Llevas semanas diciéndome que busque trabajo, que no me haga piercings, que no beba... Y por fin, lo he entendido. Por fin lo tengo claro.

—¿Qué te ha pasado, cariño?

—Unos tíos me agarraron en el lavabo...

—¿Te han hecho daño? —exclamó Darcie, asustada.

—No, pero se pusieron pesados y un amigo mío les tiró una botella. Luego empezaron a volar las sillas... y apareció la policía.

—¿Otra vez?

—No fue como en tu fiesta... no me quité la ropa. Pero han arrestado a dos amigos míos y tenemos que pagar una multa... ya verás cuando se entere mamá.

—Annie, esto tiene que terminar. No puedes...

—Sí, lo sé. No puedo ser tú, tengo que ser yo misma. Annie Baxter, la chica de Cincinnati. Aquí no hay sitio para mí —murmuró, con los ojos llenos de lágrimas.

—Primero Cutter y luego tú. Esta es la noche de las confesiones —sonrió Darcie, acariciando su pelo.

—He decidido volver a casa. Si me quedo aquí… me meteré en un buen lío. No estoy preparada para ser independiente.

—Es posible, pero te echaré de menos. ¿De verdad no quieres pensártelo?

—No, estoy segura. Me he dado cuenta de que es una bobada seguir aquí… y a lo mejor Cliff es el amor de mi vida. Nos gustan las mismas cosas, tenemos los mismos recuerdos. ¿Qué tengo yo en común con Malcolm y todos esos tíos? Nada.

—Bueno, los piercings, los tatuajes…

—¿Sabes una cosa? Creo que no he querido encontrar al hombre de mi vida en Nueva York porque a quien quiero es a Cliff.

—Entonces, ¿no vas a hacerte más tatuajes?

—No, ya no. Y ya no tendrás que preocuparte de mí —sonrió Annie.

—Siempre me preocuparé por ti, tonta. Eres mi hermana pequeña.

Suspirando, Annie la abrazó y se quedó así un rato, en silencio, hasta que se le pasó un poco el mareo y hasta que la decisión de irse de Nueva York le pareció la más acertada.

Después de llevar a su hermana a la cama, Darcie encontró su habitación vacía. ¿Dónde estaba Dylan? Lo encontró en el pasillo, mirando la cerradura.

—Necesitas un cerrojo mejor que este. Y una reja en la ventana. Como voy a quedarme unos días, puedo ponerlos yo mismo.

—Dylan, no hace falta, de verdad. Annie se marcha.

—¿Ahora? ¿Es que esa chica no duerme nunca?

—No, se marche de Nueva York. Como Cutter. Vuelve a Atlanta, así que no tienes por qué cambiar la cerradura.

—No se marcha ahora mismo, ¿verdad?

—No, pero…

—Entonces necesitas un cerrojo nuevo. Porque si ese tío vuelve a entrar por la ventana acabaré en… ¿cómo se llama esa cárcel tan famosa?

—¿Sing Sing?

—Esa. Y no querrás visitarme en prisión, ¿verdad?

—No, pero no hace falta usar la violencia. Cutter es inofensivo. Dylan no parecía muy convencido.

—Dime que ese tío no significa nada para ti.

—Es sólo mi amigo. —Por su forma de mirarte no parecía tan amigo.

—Cutter es un hombre normal y corriente...

—Pues mientras yo esté aquí no quiero verlo. Darcie se puso las manos en las caderas.

—¿Te estás poniendo machito? ¿O es que estás enfadado?

—Estoy enfadado y soy posesivo. No me gusta compartir.

—¿Y qué pasa con Deirdre? Si yo tengo que compartir, tú también. Dylan se acercó, sonriente.

—¿Estoy viendo al monstruo de los ojos verdes?

—De eso nada. Y que te pusieras así de bruto con el pobre Cutter ha sido excesivo.

—Soy un hombre celoso, cariño. Y sigo cachondo...

—Pobrecito —sonrió Darcie, enredando los brazos alrededor de su cuello.

—¿Me deseas? —Desesperadamente. Dylan la envolvió en sus brazos, buscando su boca. Ese contacto la reafirmó: su abuela iba a ponerse bien, Annie y Cutter volvían a casa y ella encontraría la forma de pagar el alquiler. Cuando rozó la lengua de Dylan sintió que la tristeza, la rabia y el disgusto desaparecían por completo. Él seguía deseándola y debían terminar lo que habían empezado.

—Vámonos a la cama.

—Nos quedamos aquí.

Dylan la apretó contra la pared en el oscuro pasillo y Darcie no se resistió. Era allí donde le había dicho adiós a Cutter y era allí donde Dylan quería poseerla para marcar su territorio.

—¿Sabes una cosa? Esto es muy infantil.

—Me da igual.

Dylan chupó sus pezones, primero uno luego otro, en un ritual de posesión que, en lugar de resultar repelente, le resultó excitante.

Cuando se puso de rodillas delante de ella para besarla entre las piernas, Darcie sintió que iba a explotar.

—Aún no, aún no.

Le hacía unas cosas tan perversas que apenas podía respirar.

—Dylan... por favor, Dylan...

—Esta eres tú, Matilda. Tú —murmuró él, levantándose. Darcie oyó que se bajaba la cremallera del pantalón—. Y este soy yo.

Dylan sujetó su trasero con las dos manos y la levantó, apretándola contra su erección.

—Envuelve las piernas en mi cintura.

Un segundo después estaba dentro, tan dentro que Darcie notó que había tocado su útero. Después lo único que podía sentir eran sus embestidas, sus besos, sus jadeos.

El orgasmo los golpeó a los dos a la vez. Fuerte, interminable.

Por fin, Dylan, aún temblando, apoyó la cabeza en la pared.

—Matilda…

—¿Ya estás contento? —sonrió ella, exhausta.

—Y agotado. No tengo fuerzas, como Sansón cuando le cortaron el pelo. Puede que no me recupere en mucho tiempo.

—Me refiero a Cutter.

Dylan apartó la cara.

—¿Estás intentando protegerte?

—¿A qué te refieres?

—Lo haces todo el tiempo —contestó él.

—Mira, mejor hablamos de esto mañana. Por hoy ya he tenido suficientes emociones.

Una vez de vuelta en el dormitorio, Dylan le pasó un brazo por la cintura.

—Mañana… o más bien dentro de unas horas, tendrás que ir al hospital. Quiero que hablemos ahora.

Darcie no estaba preparada. Dylan Rafferty podía ser muy testarudo y muy persuasivo. Tenía que protegerse.

—Estoy muy cansada. De verdad, hablaremos mañana…

—Tenemos que hablar ahora, Matilda. Llevo un rancho con miles de ovejas. Cada primavera nacen más y corren y saltan…

—Qué poético —rió ella.

—Y luego crecen. Y un día están preparadas.

—¿Para qué?

—Para tener más ovejas. Eso es lo único importante.

Darcie dejó escapar un suspiro.

—Pasas demasiado tiempo en ese rancho.

—Quizá deberías verlo por ti misma.

—¿Me estás pidiendo que vaya a visitarte?

—No. Te estoy invitando a que te quedes —dijo Dylan entonces.

Ella lo miró, perpleja.

—¿Vivir allí? ¿Con tu madre en la casa?

—Le caerás muy bien.

—¿Yo? ¿Una mujer a la que conociste en un bar? Imposible. Dylan, yo no tengo nada que hacer en Australia —suspiró Darcie—. De hecho, deberías casarte con Deirdre.

—No quiero casarme con Deirdre —replicó Dylan.

—Vive al lado de tu rancho… podríais unir los dos. Os entendéis, entendéis la vida de la misma forma. Sois compatibles en la cama…

—No me lo puedo creer. Estoy con una mujer que me empuja hacia otra.

—Deirdre es perfecta para ti. Yo no.

—¿Cómo lo sabes? Ni siquiera la conoces. ¿Qué crees que estaba haciendo esa noche, en el bar del Westin?

—Tomar una cerveza.

—¿Sabes por qué fui? Había tenido un día horrible buscando el semental y estaba cansado, frustrado. Pensé: voy a tomar un par de cervezas, me meteré en la cama y volveré a intentarlo por la mañana. Y entonces te conocí… Fui muy feliz esas dos semanas contigo, Darcie. No he vuelto a serlo desde entonces.

Ella no sabía qué decir, de modo que no dijo nada.

Su corazón latía con fuerza, no sabía si de emoción o de alarma.

—Lo que intento decirte es que todo ocurre por una razón… ¿por qué crees que la naturaleza le da a las mujeres un pelo brillante, una boca generosa, unos pechos preciosos, unas caderas redondas…?

—Dylan…

—¿Por qué crees que los hombres tienen los hombros anchos, los músculos poderosos? Para atraer a una compañera.

—¿Te he pedido yo una lección de biología?

—Mira, tengo treinta y cuatro años y no me apetece seguir yendo a los bares para conocer chicas. Voy a la ciudad dos o tres veces al año. Donde yo vivo buscar novia por correo sería lo más inteligente.

—O casarse con Deirdre.

—No sigas con eso.

—¿No lo entiendes? Yo vivo en Manhattan, me encanta Manhattan. Es excitante, es el centro de la civilización. Tú vives en el campo, a quince mil kilómetros de aquí, en una zona remota del mundo. ¿Cómo podríamos ser más diferentes?

—Los opuestos se atraen, ¿no? Como los hombres y las mujeres.

—Tampoco yo cambiaría ni un segundo de estas semanas o las que pasamos en Sidney, pero... ¿es que no lo ves, Dylan? Cuando te conocí hice algo que no había hecho en toda mi vida. Te sonreí y tú viniste a mí.

—Yo no tengo tiempo para cortejos, Darcie. Quiero casarme, tener hijos...

—Necesitas hijos para que se encarguen de tu rancho.

—Estoy preparado para sentar la cabeza.

Darcie lo miró a los ojos.

—Pero yo no.

—¿Por qué no?

¿Vivir en una granja? ¿Mudarse a Australia? Su actitud, sus opiniones la habían convencido de que Dylan Rafferty era demasiado parecido a su padre.

—Tengo que pensar en la inauguración de la tienda de Sidney, en mi abuela...

—En Cutter —la interrumpió Dylan—. En Merrick Lowell. ¿Ellos te hacen feliz?

Dylan la hacía feliz. Pero no era hombre para ella. Eran demasiado diferentes.

—La vida es eso, Matilda: procreación. A lo mejor no sé explicártelo, pero...

—A lo mejor sí.

Cuando él se quedó dormido, Darcie seguía mirando al techo. Normalmente eso la relajaba, pero cuando empezó a amanecer seguía sin tener respuestas.

Dylan no había dicho: te quiero.

Pero, ¿cómo podía dejarlo escapar? ¿Cómo podía seguir con él? ¿Qué debía hacer?

«Ya encontraremos una solución, Matilda», había dicho él. «Podemos hacerlo».

Capítulo veinte

SU abuela iba a ponerse bien, le dijeron los médicos. Dylan había ido a la cafetería a buscar donuts, violando las reglas de su nueva dieta, pero según Eden sólo se vive una vez.

Estaban las dos solas en la habitación. Era una oportunidad para hablar, ya que Julio no se despegaba de su lado.

—No pensarás dejarlo escapar, ¿verdad? —preguntó su abuela.

—A menos que puedas fingir otro infarto antes de mañana, me temo que sí —contestó Darcie—. ¿Qué otra cosa puedo hacer? Tengo mi trabajo…

—¿Y por qué no estás en la oficina?

Darcie sonrió. Había dejado a Walt echando humo por las orejas, pero le daba igual.

—Porque mi abuela favorita está en una cama de hospital.

Eden tomó un espejo y estudió su rostro.

—Los médicos dicen que estoy perfectamente. Tengo el colesterol un poco alto, pero me han dado una medicina milagrosa sin efectos secundarios, así que dentro de nada volveré a ser una jovencita.

—Sí, seguro.

—He enviado a Julio a casa para que le dé de comer a Baby Jane —murmuró su abuela, sacando la bolsa de cosméticos—. A esta edad, pensar en mí misma como una jovencita es lo mejor. ¿Qué dirían los enfermeros cuando me llevaron en la camilla, tan pálida...? De haberlo sabido me habría pintado el doble.

—Estás muy guapa, abuela.

—Ya, ya. Oye, de todos los chicos que he conocido, el que más me gusta es Dylan. Es el más sincero, el más guapo... y con ese sombrero pararía el corazón de cualquier mujer. No el mío, claro —murmuró Eden, echándose unos polvos en la cara—. A Dylan Rafferty le importas, Darcie. Mucho.

—Parece que has hecho una tesis sobre el asunto.

—No seas tonta. Ese chico piensa en ti antes que nada. Como Julio. ¿Quieres que te recuerde a Merrick Lowell?

—Merrick me llama varias veces a la semana, pero no le contesto. No pienso hacer el ridículo otra vez.

—¿Qué vas a hacer cuando Dylan se vaya? No quiero que vivas sola.

—Hablas como él.

—Porque tiene razón. Puedes volver a mi casa, ya lo sabes. A Julio le caes muy bien...

—Prefiero vivir sola, abuela.

—Sigues siendo una niña, aunque no lo creas —suspiró Eden.

—¿Quieres hacerme llorar?

—Estoy intentando que tomes la decisión adecuada.

—¿Dylan?

—Si te hace feliz, sí. Pero no pienses demasiado, acepta la felicidad donde la encuentres. La vida es muy corta, hija.

Sintiéndose incómoda, Darcie bajó la mirada. No estaba segura, no sabía qué hacer…

—Lo siento, no había donuts con crema, señoras —sonrió Dylan, entrando en la habitación—. Pero creo que con estos será suficiente.

—Gracias, Dylan —murmuró Darcie.

Él le pasó un brazo por los hombros. Aquel día necesitaba tocarla todo el tiempo. Como si supiera que no iba a volver a hacerlo.

—¿Me he perdido algo?

—Estábamos charlando. Cosas de chicas —sonrió Eden.

—De mujeres —corrigió Darcie.

—Bueno, tenemos que irnos. Debo hacer la maleta.

—Claro, tenéis que estar solos un rato. Julio llegará enseguida, no os preocupéis.

—Bueno, me marcho —sonrió Dylan—.

Espero que volvamos a vernos.

—¿Y cuándo será eso?

—Cuando Darcie me invite —contestó él.

—Abuela, pórtate. Y dale un beso a Julio de mi parte. Te llamaré más tarde.

—Adiós, Eden —sonrió Dylan, quitándose el sombrero.

—Adiós.

Cuando salieron de la habitación, Eden estaba pintándose los labios. Desde luego, su abuela sí sabía vivir la vida.

—¿De qué hablabais cuando entré?

—Te lo puedes imaginar.

—Tu abuela cree que deberías venir conmigo a Australia, ¿a que sí? Cree que deberías pensar en tener una familia, en tener hijos... Y yo estoy de acuerdo.

A la mañana siguiente, Darcie observaba a Dylan guardar su ropa en la maleta. Tenía mucho que aprender sobre los hombres y las mujeres... era demasiado parecido a su padre. Y ella debía recordar eso o acabaría de rodillas, pidiéndole que se quedara en Nueva York.

—Todavía puedes comprar un billete.

—¿A esta hora? No creo —suspiró Darcie—. Además, ahora mismo no estoy bien de dinero, debo pagar el alquiler.

—Si vinieras conmigo no tendrías que pagar alquiler.

—Así que tu madre y yo podemos quedarnos en el rancho el tiempo que queramos, ¿no?

Dylan cerró la maleta de golpe.

—¿Qué significa eso?

—Que yo no camino detrás de un hombre.

—Yo nunca he dicho eso.

—Pero sería así. Me convertiría en mi madre... y ni siquiera sé qué me estás ofreciendo.

—Un viaje a Australia. Luego ya veremos.

—¿Y si las cosas no van bien? Tendría que volver a Nueva York sin trabajo, sin apartamento... Además, no sé si quiero una familia tradicional. No quiero hacer lo que hicieron mis padres.

—¿Tan horrible fue?

—No, pero no es para mí —suspiró Darcie—. Yo creo que te lo dejé claro desde el principio.

—¿Y nada ha cambiado desde entonces?

—Me temo que no.

—Tú no eres tan ingenua, Darcie. ¿Sabes lo que pienso? Creo que te da miedo. Te da miedo la vida y te da miedo el amor. ¿Tanto te importa desafiar a tus padres? ¿Tanto como para arriesgar tu propia felicidad?

—Dylan…

—Me parece que no me has dado una sola oportunidad.

—¿Qué significa eso?

—Lo que he dicho.

—No estás siendo justo…

Dylan tomó la maleta y salió al pasillo.

¿Qué debía hacer?, se preguntó Darcie por enésima vez. ¿Cuál debía ser su respuesta? ¿Se estaba equivocando? ¿Estaba tirando por la ventana su única oportunidad de ser feliz?

—¡Dylan, espera! No puedes…

—Si quieres hablar, ya sabes dónde encontrarme.

Cuando vio a Darcie abriéndose paso entre la multitud que llenaba el Phantasmagoria, Claire dejó escapar un suspiro. Problemas.

—Tienes mala cara.

—¿Yo? Estoy bien. De hecho, nunca había estado mejor. Este es el primer día del resto de mi vida y bla, bla, bla…

—Dylan ha vuelto a Australia, ¿no? Y estás hecha polvo.

—No, estoy perfectamente. Lo hemos pasado muy bien, desde luego, pero nada más. Se fue en un taxi al aeropuerto. Era lo mejor.

—¿Le dijiste eso?

—Varias veces.

—Darcie Baxter, eres idiota. ¿Cuándo sale su avión?

—Salió hace veinte minutos.

—Podrías irte ahora mismo…

—Claire, esto es la realidad, no *Oficial y Caballero* —la interrumpió Darcie.

—Ay, qué guapo es Richard Gere.

—¿Has estado viendo vídeos?

—Casi todas las noches. Cuando no estoy en la cama con Peter —sonrió Claire, con una sonrisa muy parecida a la del gato de Cheshire.

—¿No me digas que…?

—Te digo.

—¿Y cómo…?

—Calla. Te daré los detalles cuando tengas la boca llena.

—No puedo creer que te hayas follado a tu marido. —Pues deberías ver la cara de alegría que tiene. Darcie soltó una carcajada. Al menos una de las dos estaba alegre, pensó.

—¿Habéis hablado?

—Mucho. Entre revolcón y revolcón, por supuesto. Y he tomado una decisión: pienso volver a trabajar.

—¿Y Samantha?

—Ahora mismo está con Peter en Central Park. He decidido buscar una niñera profesional, una persona seria que me haga sentir tranquila. No puedo vivir sin mi trabajo, es imposible. Hasta que Sam sea un poquito mayor mi marido y yo intentaremos pasar con ella el mayor tiempo posible. Los dos. Trabajaremos menos horas, haremos lo que sea necesario. Peter dice que puede funcionar.

Darcie dejó escapar un suspiro.

—Dylan también decía eso. Pero debe estar loco si piensa que voy a dejarlo todo para irme a un rancho en Australia.

—¿Te propuso vivir con él?

—Pues... creo que sí.

—O te lo propuso o no.

Darcie se mordió los labios.

—Me dijo que fuera con él al rancho, que a su madre le caería muy bien. Y que deberíamos tener hijos.

—Bueno, es una forma un poco extraña de pedirle a alguien que se case contigo, pero creo que eso era lo que intentaba hacer —sonrió Claire.

—Es muy anticuado.

—Ya, pero a ti te encanta, ¿o no? No dejes que unos miles de kilómetros te separen de la felicidad, cariño.

—¿Y si me voy a Australia y la cosa no funciona?

—Así es la vida, hija. Pero tendrás que intentarlo, ¿no?

—No sé…

—¿Puedo ser tu dama de honor? —sonrió Claire.

—No seas boba.

—No lo soy. Te gusta, lo quieres, se porta muy bien contigo. No es Merrick, no tiene nada que ver. Además, es anticuado… ¿y qué? En la vida no se puede tener todo, te lo aseguro.

—No sé qué hacer. Estoy hecha un lío —suspiró Darcie.

—Pues tendrás que solucionarlo.

Por la tarde, sin dejar de pensar en Dylan, Darcie esperaba en la suite del hotel Grand Hyatt que tantas veces había compartido con Merrick. Había quedado allí con él, en sus propios términos.

Pero cuando oyó que se abría la puerta, se sobresaltó a pesar de todo.

En los últimos meses había mejorado, era menos ingenua y menos confiada, pero seguía odiando los enfrentamientos.

—Has llegado tú antes —dijo Merrick.

Darcie lo miró, pensativa. Parecía diferente aquella noche. Vestía igual que siempre, pero su expresión era otra.

—Relájate. No he venido aquí a follar.

Merrick sonrió.

—He tenido una bronca con Geoff antes de venir aquí. —¿Está celoso?

—No, más bien inseguro.

—¿Es un problema para ti haber venido?

—No, ya no.

Darcie no lo había visto desde la noche que conoció a Geoffrey, pero parecía en paz consigo mismo.

—Entonces, ¿por qué estamos aquí? Pensé que seguías enfadada conmigo.

—No, ya no.

—He pensado mucho últimamente —dijo Merrick entonces.

—¿Y?

—Me he dado cuenta de que estaba equivocado. Me he pasado la vida intentando hacer lo que debía: estudiar en la universidad adecuada, buscar el trabajo adecuado, incluso casarme con la esposa adecuada. Ya te conté que Jackie y yo nunca tuvimos una relación apasionada… quizá por eso te busqué. Seguimos juntos por los niños, porque como nuestras familias los dos somos conservadores. Aunque yo odiaba las cenas con mis suegros.

Darcie había ido allí para cerrar su relación con Merrick pero, aparentemente, él había ido para darle explicaciones.

—Creo que lo sabía hace mucho tiempo. Incluso cuando estaba en la universidad, pero entonces no quise aceptarlo. Así que seguí haciendo lo que mis padres esperaban de mí. Y quiero decirte cuánto lo siento, Darcie. Te usé…

—Bueno, yo también te usé a ti.

—No, quiero decir emocionalmente. Pensaba que viéndote una vez a la semana todo iba bien. Estaría siguiendo las tradiciones de mi familia, de la sociedad en la que nací… pero las cosas no son así. Así no se encuentra la felicidad. ¿Recuerdas aquella noche, cuando volviste de Sidney?

—Esa noche parecías perdido.

—Lo estaba. Desesperado.

—Luego, en mi fiesta, te fuiste sin decir adiós y pensé que había herido tus sentimientos de alguna forma.

Merrick sonrió.

—Había conocido a Geoff la semana anterior y no entendía por qué me afectaba tanto. Cuando te vi con tu amigo…

—Cutter.

—Eso es. Entonces supe lo que quería. Supe que el problema había sido mío todo el tiempo. No fue culpa de Jackie, ni tuya, ni de nadie. Sólo mía. Soy bisexual, Darcie. Así que me fui a casa y llamé a Geoff. Había estado viviendo mi vida según las reglas de los demás y ya estaba harto de hacerlo.

Merrick le pasó un brazo por los hombros y Darcie no protestó. Habían mantenido una relación, sentían cariño el uno por el otro. La extraña pareja, desde luego. Incluso más extraña que su abuela y Julio.

Entonces se le formó un nudo en la garganta.

«Tienes miedo», le había dicho Dylan.

—Por tu expresión, yo diría que el australiano ha vuelto a casa.

—Tú mismo dijiste que no iba a funcionar.

—¿Te ha dejado?

—No, peor, creo que quiere casarse conmigo.

—¿En serio?

—Me temo que sí.

Darcie le contó la historia y Merrick se quedó pensativo.

—No lo entiendo. No es por tu trabajo, ¿verdad? Podrías trabajar en la tienda de Sidney... convertirte en una estrella de la lencería allí.

—¿Lo dices en serio?

Merrick le alborotó el pelo.

—Por favor, Darcie. Vivir en Australia no es una cosa tan rara. Hay aviones, ¿recuerdas? Y si la cosa no sale bien, siempre puedes volver a Nueva York. ¿O quieres quedarte por tu abuela?

—No, no es eso. Pero es que Dylan es muy anticuado, su actitud hacia las mujeres es… arcaica.

—Los hombres somos así, cariño. Dylan sólo quiere que estés con él. Tus padres, tus amigos, todos querrán un marido a su medida, pero tú debes tomar tus propias decisiones, sin pensar en nadie. No estoy diciendo que te cases con ese tipo, pero sí que debes tener valor para tomar una decisión madura.

—Ya, lo sé, lo sé.

Darcie apoyó la cabeza en su hombro. Merrick no era el hombre de su vida, nunca lo había sido, pero podía convertirse en un buen amigo.

Se quedaron así durante largo rato, pensativos. Y curiosamente, fue su mejor noche con Merrick Lowell.

Capítulo veintiuno

MERRICK tenía más fe en ella que la propia Darcie. Ese era uno de sus problemas. En aquel momento estaba observando a Annie hacer la maleta, como había hecho con Dylan.

Pero al menos Annie volvería a Cincinnati después de haber descubierto algo sobre sí misma, volvería con un conocimiento nuevo.

Sus padres estaban inspeccionando la cocina y no tenía muchas ganas de hablar con ellos.

—¿Qué te pasa, Darcie?

—No sé. Que sigo sin saber qué quiero —suspiró ella.

Habían pasado dos semanas y no sabía nada de Dylan. Ni de Cutter. Lo llamó a Atlanta y su madre le dijo que estaba «enfocando su energía». O sea, «no vuelvas a llamar, no quiere saber nada de ti». Pero eso no la molestó. Y pensaba seguir llamando para ver cómo le iban las cosas.

Quizá Dylan estaba en lo cierto. Tenía miedo del compromiso, tenía miedo de vivir.

—¿Lo has llamado?

—¿A Merrick?

—No, a Dylan. A mí no me engañas, Darcie. Te oigo todas las noches dando vueltas en la cama. Tienes que tomar al toro por los cuernos...

—No sé qué hacer.

—Pero si el pobre te suplicó que fueras con él.

—Como si yo fuera un cachorrito.

—No, tonta. Como a la mujer de su vida.

—Ay, por favor, ahora te has vuelto romántica.

—¿Y por qué no?

Annie se había quitado los pendientes del ombligo, la ceja y las orejas. Con unos vaqueros y una camiseta blanca parecía de nuevo su hermana pequeña, la chica de Cincinnati.

—Estoy deseando volver a casa, pero me preocupas, Darcie.

¿Annie se había hecho mayor de repente?

—Estoy impresionada. Tantos cambios...

En ese momento sus padres aparecieron en la habitación.

—¿No lo vas a pensar, cariño?

—Ya lo he pensado, mamá. Me quedo.

—¿Por qué? Sé que hemos tenido nuestras diferencias, pero nada nos haría más felices que tener a nuestras dos niñas de vuelta en casa —insistió su madre.

—Te queremos mucho, hija —dijo su

padre, incómodo.

A Darcie se le hizo un nudo en la garganta. Tenía miedo, sí. Se sentía sola. Y sus padres no habían sido tan malos.

¿Qué había dicho su abuela? «Acepta la felicidad donde la encuentres. La vida es muy corta».

—Yo también os quiero, pero tengo que hacer algo importante.

Había tomado una decisión. Sólo necesitaba la cooperación de Walt.

A la mañana siguiente, Annie y sus padres iban de camino a Cincinnati.

Darcie, en la oficina, estaba dejando una nota sobre el escritorio de Greta. Y, sin querer, tiró el bote de los lápices, del que cayó algo plateado.

—¿Esto ha salido de donde creo? —preguntó Nancy Braddock, tomando un abrecartas de plata.

—Del bote de lápices de Greta.

La susodicha apareció entonces por el pasillo.

—Perdón, ¿no es ese mi escritorio?

—¿Qué es esto? —preguntó Nancy, mostrándole el abrecartas—. Walt le compró este abrecartas a su mujer como regalo de aniversario.

—Sí, pero…

—¿Te lo ha dado a ti? —preguntó Darcie.

—Nunca le daría esto —replicó Nancy—. En la vida. Por mucho que ella le ofreciese.

Darcie recordó entonces que, según Greta, era de su madre. Eso le había dicho.

—No me puedo creer que sigas en esta empresa —suspiró Nancy—. Si me hubieran dado un dólar por cada vez que te he pillado robando…

—Yo tengo que ir al despacho de Walt —la interrumpió Darcie—. Le preguntaré.

—No hay nada que preguntar. Greta es una ladrona. Díselo a Walt.

—No sé si me creerá.

Nancy miró a Greta Hinckley, que estaba pálida.

—Te creerá. Y a mí también.

—Walter me creerá a mí —dijo ella entonces.

Darcie sospechaba que eso era verdad. Su mentor tenía otras cosas en la cabeza últimamente.

Con Greta pisándoles los talones, Darcie y Nancy entraron en el despacho de Walt sin llamar. Darcie llevaba el abrecartas escondido en la mano. Le preguntaría sobre el asunto después de haberle preguntado por lo suyo.

«Serás una estrella de la lencería», había

dicho Merrick.

—Walt, tengo que hablar contigo. Quiero que me mandes a Sidney.

Él levantó la cabeza. No parecía muy contento. ¿Habría oído la discusión en el pasillo?

—Llévame contigo, Walter —dijo Greta—. Yo podría ayudar. Sé que ha habido problemas en la tienda.

Algunos de los cuales ella misma había creado, por supuesto.

—Yo conozco perfectamente esos problemas —suspiró Darcie—. He tenido que encargarme de todo, así que lo sé muy bien. Pero Wunderthings ahora debe ahorrar dinero, no malgastarlo.

Walt la miró.

—Encárgate de todo, Baxter.

—Puedo hacerlo sola. Un billete de avión, una habitación de hotel... tú podrías quedarte en Nueva York.

Greta se volvió.

—¿Por qué va a enviarte a ti? Te has cargado todo el proyecto. Si yo no hubiese hablado con Henry Goolong...

Una pena que Greta no supiera tener la boca cerrada. Nancy tenía razón.

—Tú te has tomado atribuciones que no tenías y si no hubieras robado las ideas de otros...

—Tú no has tenido una sola idea en toda tu vida —replicó Greta Hinckley—. Me sorprende que Walter no te haya despedido. Llevas años usando mis ideas…

—Greta —la interrumpió Walt.

Darcie la estudió un momento. Con su pelo brillante y su traje de chaqueta parecía otra persona. Nunca había sido una belleza, pero tampoco lo era Walter Corwin.

Pero había intentado ayudarla y Greta la recompensó con una bofetada. No le quedaba más remedio que enfrentarse con ella de una vez por todas.

Greta miró a Darcie, alarmada. Después miró a Walter, pero él no la estaba mirando.

—Walt, sé que mantienes una relación personal con Greta Hinckley —dijo Darcie entonces, mostrando el abrecartas—. Y lo siento mucho, pero he encontrado esto en…

—El escritorio de Greta —dijo su jefe.

—¿Se lo diste tú?

Walt negó con la cabeza, mirando el abrecartas plateado.

—¿Estás preparada para irte a Sidney?

—Sí, claro. Cuando tú me digas.

—Iremos los dos.

—Pero Walter… —empezó a decir Greta entonces.

—Quiero pedirte disculpas, Darcie. Y a ti, Nancy —la interrumpió Walt—. He tardado mucho tiempo en ver la verdad, aunque la tenía frente a mis narices.

—Pero Walter, tienes que escucharme...

—Llevas años molestando a Nancy, Greta. Ayer me amenazó con marcharse y no puedo perderla. Te he visto discutir con ella y con Darcie, te he visto robar ideas... y también sé que has mirado en mis cajones, en mi correo electrónico.

—Sólo para ayudarte —dijo Greta, llevándose una mano al corazón.

—No, para buscar información. Y no voy a darte la oportunidad de sabotearme a mí también. Después de esto, no —dijo Walt, mostrando el abrecartas—. Esto era de mi mujer. Es la gota que colma el vaso, Greta. Vete a casa. Mañana hablaremos de tu futuro en Wunderthings.

—No hagas nada que puedas lamentar, Walt —se defendió ella—. Tú sabes lo que somos el uno para el otro, la oportunidad que hemos encontrado...

—Vete, Greta.

—Te he dado mi amor...

—Vete.

Greta salió del despacho, cabizbaja.

—Haz las reservas, Nancy. Darcie y yo nos iremos a Sidney lo antes posible. Y gracias a las dos.

Greta estaba sentada en su escritorio, mirando al vacío. Por una vez en su vida, no tenía nada que decir, no tenía modo de excusarse.

Y a Darcie le dio pena.

Tres noches más tarde, Darcie estaba en el bar del hotel Westin, en la escena del crimen por así decir. Walt tomaba un whisky y ella una botella de Perrier con limón.

Después del largo viaje desde Nueva York estaba agotada, pero no dejaba de pensar en la oportunidad que podría tener en Sidney...

Por un momento pensó en llamar a Dylan. Pero no podía hacerlo. Después de lo que había pasado debía andarse con pies de plomo y lo importante en aquel momento era su trabajo.

Walt parecía deprimido. ¿Estaba pensando también en la inauguración o en Greta Hinckley?

—¿Estás bien?

—Sí, claro.

—Como sé que Greta y tú...

—La he enviado a Albany. Hay problemas en la tienda y Greta tiene buenas ideas... cuando no se las roba a otros. Quizá mudarse a Albany le vendrá bien.

—Ojalá.

—Yo había esperado que… en fin. Todo el mundo me hablaba mal de ella y siempre he sabido que no se deben mezclar los negocios con el placer. Por cierto, ¿qué ha sido de tu australiano?

—No lo sé, Walt. Pero he venido aquí a trabajar.

—Yo también. Y trabajaremos, Baxter.

Unos minutos después Walt subió a su habitación. Darcie se quedó en el bar.

—No puedo dormir —dijo en voz baja—. Me da pena Walt, me da pena Greta, me doy pena yo…

Una risa masculina le recordó a la de Dylan y levantó la cabeza. Pero no era él.

—He venido a trabajar, nada más. Y después, ¿qué? Ya estoy harta de tristezas. Todo el mundo se ha dado cuenta. Mi hermana, mi abuela, mis padres…

Darcie se percató entonces de que había gente mirándola con curiosidad. Tenía que dejar esa manía de hablar sola.

Como había hecho Walt, lo mejor sería irse a dormir. Y empezar a tomar decisiones.

—Por primera vez en mi vida, todo tendrá sentido.

O eso esperaba.

—Por favor, no me digas eso. ¿Que no han venido las dependientas?

—No van a venir, señorita Baxter. Darcie.

Estaba hablando con Rachel, la directora de la nueva tienda.

—Entonces están despedidas.

—Se han despedido ellas mismas. El salario era muy bajo.

—Pues busca otras.

—Hemos puesto un anuncio en el periódico y hay un cartel en la puerta, pero...

—Llama a una agencia de trabajo temporal. No, déjalo, lo haré yo —dijo Darcie, apretando los dientes. Pero cuando entraba en el despacho sonó el teléfono. Era el propietario del local, exigiendo el pago del alquiler de muy malas maneras—. Por supuesto que vamos a pagarlo. Debe haber sido un error de la oficina de Nueva York.

Furiosa, Darcie llamó a Greta Hinckley, pero ella insistió en que no tenía nada que ver. ¿Seguiría vengándose?

Nancy Braddock quedó en enviar una transferencia urgente, pero quedaban muchas cosas por hacer. Los escaparates, por ejemplo.

—Sosos, ¿verdad? —murmuró Rachel.

—Horribles. Tenemos que atraer clientes, no alejarlos de aquí. Aquí que cambiarlos de arriba abajo —suspiró Darcie. Entonces tuvo una idea—. Necesitamos maniquíes masculinos. Altos, morenos, tan guapos como sea posible. Y tienen que estar aquí mañana a las nueve.

—No creo que haya tiempo…

—¿Dónde están los diseños de Henry?

Rachel parpadeó.

—¿Qué?

Darcie se lanzó sobre el teléfono. Cuando las cajas llegaron después de quince llamadas, dejó escapar un suspiro. Tenía muchas cosas que solucionar, pero empezaba a parecer que todo iba a ir bien.

Al menos con Wunderthings en Sidney. Su proyecto.

Los diseños de Henry Goolong eran preciosos y Darcie esperaba que fuesen un éxito.

Inspirada, trabajó durante horas con Rachel colocando braguitas, sujetadores y ligueros.

Comprando tiempo.

Después de la inauguración llamaría a Dylan Rafferty.

Darcie se levantó a la mañana siguiente antes de que sonase el despertador y entró medio dormida en la ducha. Después se puso su mejor traje y sus mejores zapatos de tacón.

Cuando Walt y ella llegaron a la tienda, Rachel les tenía preparado un café.

—Han llegado los maniquíes.

—Gracias a Dios. Vamos a colocarlos rápidamente. Abrimos dentro de una hora.

Cuando terminaron, ni siquiera Darcie podía creer el efecto.

—Tenías razón —dijo Walt.

Los modelos masculinos en contraste con la delicada ropa interior femenina eran perfectos, sensuales, originales.

—Necesitamos sombreros. Akubras. Tiene que haber una tienda en estos grandes almacenes.

—Pero es que no abren hasta las diez —dijo Rachel.

—A las diez en punto ve a comprar cuatro. De varios colores.

—Eres una mujer brillante —murmuró Walt.

A las diez y diez, Walter Corwin abría la puerta de la nueva tienda.

El día pasó volando.

Los maniquíes con sombrero Akubra pararon el tráfico. Los diseños aborígenes llamaron la atención de todas las clientas.

A las cuatro, Darcie estaba agotada. O lo estaría si hubiese parado un momento. Llevaba todo el día vendiendo, marcando en la caja, hablando con las clientas, escuchando sus sugerencias…

—Hemos hecho una caja increíble —sonrió Rachel—. Y tú deberías descansar un poco. Estás pálida.

—Tienes razón. Voy a comer algo.

Entró en un restaurante italiano de la misma planta y eligió una mesa desde la que podía ver la tienda. Su tienda.

¿Sería suficiente con su trabajo?, se preguntaba. ¿Su vida estaría llena con eso?

La abuela estaba con Julio.

Claire estaba con Peter.

Merrick vivía con Geoffrey.

Annie estaría en casa con Cliff.

Incluso Cutter había encontrado novia. O eso le contó la última vez que llamó por teléfono.

En cuanto a ella misma…

Darcie dejó de pensar en el asunto al ver una multitud delante de la tienda. ¿Qué pasaba allí? Esperando un desastre, se abrió paso entre la gente… y descubrió lo que estaban mirando.

En medio del escaparate principal, rodeado por los maniquíes, había un hombre de carne y hueso. Un hombre con pantalones vaqueros, camisa de cuadros y un sombrero Akubra verde.

En las manos, en los bolsillos, llevaba braguitas y sujetadores.

Dylan Rafferty.

Estaba sonriendo, llamando a las clientas desde el escaparate.

Walt y Rachel trabajaban frenéticamente vendiendo la mercancía que quedaba. Una mujer intentó subirse al escaparate, pero Darcie se interpuso en su camino.

—Lo siento. Es propiedad de la tienda.

«Es mío».

¿De dónde había salido eso? No tenía ni idea. Con el pulso acelerado se acercó y le dio un golpecito en el hombro.

—Hola, Matilda.

Darcie sonrió. Y después empezó a reírse. Tanto que sus ojos se llenaron de lágrimas.

—Ahora lo sé.

Entonces le echó los brazos al cuello para mirarse en esos ojos oscuros. Y Dylan miró los suyos, en silencio, olvidándose de la gente.

—¿Te llamó Walt?

—No, es que me cansé de esperarte.

—Iba a llamarte mañana.

—¿Por qué no hoy?

—Eso ya da igual —sonrió Darcie.

Tirando el Akubra al aire, Dylan la tomó en brazos y empezó a dar vueltas por el escaparate para regocijo de las clientas.

—Sé que quieres tomar tus propias decisiones —dijo Dylan.

—Acabo de hacerlo.

«No puedes tenerlo todo», le había dicho Claire.

«La vida es muy corta», decía su abuela.

—Tu tienda es estupenda —dijo él entonces—. Felicidades.

¿Qué estaba diciendo? ¿Que aceptaba su carrera, su dedicación al trabajo?

—Te quiero, Dylan.

—Yo también te quiero, Matilda.

Se besaron, delante de todo el mundo, sin importarles en absoluto.

—¿Dónde vamos?

—A un sitio tranquilo.

—Esta tienda es muy tranquila —sonrió Darcie.

Rachel y Walt estaban cerrando en ese momento.

—Venga, os invito a una copa. Tenemos que celebrarlo.

Darcie negó con la cabeza. Lo único importante era estar con Dylan.

—Nos veremos luego.

Cuando se quedaron solos echaron las persianas y apagaron las luces.

—Aún me acuerdo de nuestra primera noche en el Westin.

—Yo también.

«El amor no es lógico, no es racional», pensó.

Un hombre que la hacía reír, algo que también había dicho su abuela, tenía que ser el hombre de su vida.

Darcie no sabía si serían capaces de resolver sus diferencias, pero ya no era tan ingenua como para pensar que las cosas tienen que estar grabadas en piedra. Ya no se sentía insegura. Por el momento, Dylan Rafferty era su hombre. Por el momento.

—Dylan, tenemos que hablar.

—Primero vamos a hacer el amor —murmuró él, sobre su boca.

—Y luego negociaremos.